U0946650

明清十人文萃

CHINESE CULTURE

明清十人文萃·张竹坡集

〔清〕张竹坡 著
田秉锷 康明超 编

中国文史出版社

《徐州明清十人文萃》
编辑委员会

江山有待　文献千秋

李荣启

呈现到读者面前的这套丛书，是对徐州五百多年的文化传承进行汇总、筛选而编纂成帙的。如果以朝代为标识，则又可以说是对徐州地区明、清两朝精英文化的荟萃。

基于荟萃精品的编纂意愿，编者将该书命名为“徐州明清十人文萃”。

对于今人，尤其是对于不熟悉徐州历史文化，或置身徐州地方文化研究之外的朋友们而言，面对入选本书的十位作者——明万历朝进士，历任兵、工、礼三科给事中，追谥太常少卿的张贞观；明代散曲大家、“乐王”陈铎；明崇祯朝举人，明亡而怀抱故国忠诚的著名诗人阎尔梅、万寿祺；清康熙朝状元、诗人李蟠；清康熙年间学者、《金瓶梅》评点家张竹坡；清雍正朝兵部尚书、直隶总督李卫；清道光朝拔贡、咸丰朝孝廉方正、诗人孙运锦；清光绪朝举人、书法理论家、书法家张伯英；清末民初学者、诗人，早期南社成员周祥骏等——大家定然会有多多少少的陌生感或疏离感。好在，我们都同属一个文化体系，同属一条历史根脉，同属一个乡土源流，因而，借助阅读，自然就可以感应历史，进而实现“今”与“昔”的文化对接。

若从一个地区文化传承的意义上考量，本书在唤醒十位历史人物，进而唤醒当代人对历史文化的重新关注时，不但可以打通“历史隔膜”，而且还将激发起“创造机制”。

今天，在体味了十部书的编纂辛劳之后，我对“历史隔膜”的普遍性和浸润性已经有了足够的警戒。说“警戒”，并非耸人听闻。稍稍回顾一下徐州文化的历程，人们就会发现，许多徐州前贤创造的文化成果，领新时代，辉映朝野，甚至具有国家水准、民族水准，只是因为在流传过程中外地人未加重视，而徐州本地人也没有加意珍存，这才造成了黄钟毁弃，典籍失传，文脉断线。百千年之后，面对文化的“残局”，谁清醒？谁叹息？

就因为有所反思，当我们从文化传承的高度鸟瞰人心时，面对有意无意的“失忆”，就会多出一份忧虑。须知，正是芸芸众生的失忆，家族的过往，城市的过往，国家民族的过往，才渐次沦入苍莽。人遗忘了历史，历史埋没了文明，所以人类的绕弯子、鬼打墙，穿新鞋，走老路，无不可以从割断历史的积习中寻到教训。

仅以汉代以后徐州文化的“失传”记录为例，即有：

楚元王刘交，是秦汉之交诗学大家，传习并著有《元王诗》，可与鲁诗比肩。后来，《元王诗》失传，徐州诗学断层。

汉代“易学三家”，其中一家即为徐州沛人施仇。《汉书·艺文志》还说：“《章句》施、孟、梁丘氏各二篇。”这施仇的“二篇”易经《章句》，后来失传，徐州不再是“易学高地”。

刘向著《别录》。那是中国历史上第一部图书目录总集，不知失传于何年。

刘歆《七略》，是《别录》升级版的国家图书目录总集，亦不知失传于何年。

刘义庆的《徐州先贤传》，是专门记录徐州两汉、魏、晋名人的，它的失传，让多少徐州名人永久埋没。他的《江左名士传》自然是记录江南名人的，该书失传，埋没名人更多。其《幽明录》，当是中国最早的笔记小说。《幽明录》失传，徐州的小说史、文学史失去了领先全国的实证。

南朝刘孝绰帮助萧统编成了《文选》，他和弟弟刘孝威、妹妹刘令娴的诗歌，开一代诗风，而其作品《刘孝绰集》十四卷、《刘孝仪集》二十卷、《刘孝威集》十卷、《刘令娴集》三卷等，今皆不传，故“诗歌徐州”又少了南北朝时期的佐证。

再如宋、金间徐州籍状元郚世矩、张介，诗文立身，获取功名，而其身后，郚世矩无一诗一文传世，张介传世诗作仅见两三首。

阎尔梅和万寿祺的诗，存世量都不到他们创作量的一半。

张竹坡是诗人，因诗才而名满京城，有《十一草》行世，今《十一草》失传，仅留《金瓶梅评点》。

孙运锦的《徐故》，专记徐州掌故。《徐故》失传，使多少徐州掌故湮灭。而他的诗作，现传世者已不及十分之一。

明清两代，徐州籍诗人文人，嘤嘤友鸣，结社唱和，昌明一方，出版个人诗集、文集者比比皆是。而流传至今者，百无一人。

回望历史，我的内心经常会有刺痛之感。痛就痛在，文化结晶、文化珍宝经常在传承中或无故丢失，或失手打碎。因此，“斩根”“断流”“失传”“湮灭”正是文化发展的大忌、大灾、大难和大不幸！

也许就是因为怀抱着这样的忧患意识，本书最初的筹划者李鸿民、田秉锷二位先生才启动了对徐州历史典籍的盘点、梳理工作。他们告诉我，之所以从明、清入手，当然还是出于对“抢救”急迫性的认识。在交流中，我也同意他们的考量：从汉代到宋代，徐州先贤的创造成果，留便留了，失便失了，存世者几乎都已被纳入中国经典文化的大系。所以，对那一时段徐州经典的梳理，可以推迟，可以缓发。倒是明、清两朝的徐州文案，因在国家经典之外，所以随时皆有毁弃之可能。因而，编纂文萃，即贯彻了“先近后远”的原则。今后，如果条件具备，可以再编宋朝之前的“文萃”。我们设想，倘若能有二三十个徐州经典作家的诗集、文集得到整理，徐州古代文化的基础性工作也就算差强人意了。

本书的出版，只是这整个工程的第一步，或基础。

参与本书编纂的朋友，可谓少长咸集，同心同德。在编纂工作的整个过程中，他们都发乎本愿，出乎至诚，以兢兢业业、礼拜先贤的态度，爬梳资料，考定文句，从不懈怠。能参与其中，我也受益良多，且引以为人生之幸。

本书的资料搜集工作，起步于2013年；初稿汇集工作，完成于2015年；统编定稿工作，结束于2016年。因为受条件约束，我们对整个文案还作了适度的压缩。

此书刊布，正逢晚秋。对徐州文化而言，这肯定是一次迟到的丰收。至少，这部书可以接续一个时代的文化记忆，填补一个时段的精神空白。

人是有记忆的，城市也是有记忆的。

人的记忆在大脑里，城市的记忆在典籍里。

珍视城市的文化典籍，就是珍视城市先贤们曾经的梦想、曾经的创造、曾经的历史过往吧。唯冀基于一代代的传承，才可能引燃一拨拨的创造！

是为序，与读者共勉。

2016年10月于彭城

目　录

概　述

张竹坡，名道深，字自德，号竹坡，清江南铜山人。生于清康熙九年七月二十六日（1670 年 9 月 9 日），卒于康熙三十七年九月十五日（1698 年 10 月 18 日），享年二十九岁。

其祖籍为浙江绍兴。明代中叶，其高祖张棋过江渡淮，定居于铜山吕梁，张棋即为徐州山阴张氏之始迁祖。至其曾祖张应科，张家始移居徐州城内居住。其祖父张垣（又名垣崇，字曙三），耕读传家，富而好礼，其乡居期间即以谨厚好施闻名地方，荒年尝出家粟赈饥，存活甚众；又尝置义田十余顷，专施本族孤穷。此后举授河南归德府通判（正六品）。弘光元年、顺治二年（1645）正月，许定国于睢州杀南明兴平伯高杰，叛明降清。作为归德府通判的张垣，与高杰同死难。

张垣三子，长子张胆，次子张铎，三子张志羽。张竹坡即张志羽之子。

张氏三兄弟，各有风采。张胆，字伯量，其先属意于科考进仕，遂修身读经，后弃文从武，中明崇祯癸酉（1633）科武举，出任归德营参将。父死难，曾率所部直击叛帅。入清，随豫亲王多铎南征，授副总兵职。积功，疏题天津总兵，廷议会推开（封）归（德）提督总兵（从一品）。这两次升迁皆被“有力”

者捷足先登。顺治八年，诰授骠骑将军。后受中伤，去职回籍，兴教养亲。张胆的人生亮点是捐资义修荆山桥。

张铎，字仲宣，父殉职时，年仅八岁。有文采，以兄长之功得荫封，为中书舍人，转临安同知，擢汉阳知府。多有德政，后辞官归里，闭户读书。

张志羽，字季超，号雪客，父殉职时，年未周岁。后因二位兄长均在外公干而奉母家居，有暇，则肆力于学。长于诗赋，与中州（河南商丘）侯朝宗（方域）、北谯（安徽全椒）吴玉林（名国缙）相唱和，著有《同声集》。后以病中哭友过恸而卒。

三兄弟相比较，最为清贫的当然是张志羽的家庭。

得父、祖辈家教，张竹坡幼时即聪颖好学，六岁便能吟诗作对，八岁入塾攻读，以博闻强记闻名遐迩。十五岁时参加乡试，却屡试不第。两位伯父家显贵一方，唯其一支为布衣寒门，这促使张竹坡更加发愤进取。康熙三十二年（1693）他第四次应举失败后，即遍游京师，在天下名流荟萃的长安诗社（实在北京）大展诗才，赋得诗词百余首，被人称为“才子”。

康熙三十四年（1695），张竹坡二十六岁。他以独到的见解、超人的投入，开始评点《金瓶梅》。于半个月之内，边读边批，洋洋洒洒写下了十多万言的《金瓶梅》批语。这就是张竹坡批评天下第一奇书《金瓶梅》的经典之作。

世人或名之为《〈金瓶梅〉评点》。

在张竹坡的时代，《金瓶梅》还顶着“淫书”的恶谥。而张竹坡公然宣称：“第一奇书非淫书”。这一评语，破石惊天，从根本上否定了《金瓶梅》为淫书的观点，成为后人研究《金瓶梅》的重要依据。

作为一部系统的文学评论专集，《〈金瓶梅〉评点》已经远远超出了“评点”的局限，在上继李渔、金圣叹、毛宗岗等人的评点传统之后，该书不论作为“作品论”、“作家论”，还是作为

“艺术论”、“文化论”，都具有文化精神的突破性和原创性，不但为中国古代小说理论留下了一笔珍贵的遗产，而且对中国人的精神启蒙也具有引燃性的价值。

张竹坡同意冯梦龙“四大奇书”的观点，并称《金瓶梅》为“第一奇书”，且开创了《金瓶梅》一书108则读法。

张竹坡写成《〈金瓶梅〉评点》后，曾寄居金陵、扬州、苏州等地，筹划刊刻《皋鹤堂批评第一奇书〈金瓶梅〉》，且以文会友，结识了张潮等文学知己。张竹坡不能清醒的是：文学建树，改变不了一个人的社会境遇，所以他依然处在经济困顿与精神困惑之中。康熙三十七年（1698），张竹坡抛弃正在雕版的《批评第一奇书〈金瓶梅〉》，离开苏州，北上永定河治水工地，以图进身之阶；不料于当年九月十五日于工地染疾身亡，年仅二十九岁。

除《〈金瓶梅〉评点》外，张竹坡还有诗集《十一草》。《十一草》流行到二十世纪三十年代，即佚失不闻。

本书直录张竹坡《〈金瓶梅〉评点》，唯省去了他的夹评文字，然第一回保留，借以展现其夹评风采。

张竹坡在《竹坡闲话》中申明评点《金瓶梅》的原因时，曾说：“《金瓶》我又何以批之也哉？我喜其文之洋洋一百回，而千针万线同出一丝，又千曲万折不露一线。闲窗独坐，读史读诸家文，少暇偶一观之，曰：如此妙文，不为之递出金针，不几辜负作者千秋苦心哉！”

而今，捧读张竹坡的《〈金瓶梅〉评点》，只要清心涤滤，我们也会有豁然开朗的喜悦！

编校者　谨识

2016年5月初夏

第一章　金瓶梅总论

一、第一奇书序

《金瓶》一书，传为凤洲门人之作也，或云即凤洲手。然缅缅洋洋一百回内，其细针密线，每令观者望洋而叹。今经张子竹坡一批，不特照出作者金针之细，兼使其粉腻香浓，皆如狐穷秦镜，怪窘温犀，无不洞鉴原形，的是浑《艳异》旧手而出之者，信乎为凤洲作无疑也。然后知《艳异》亦淫，以其异而不显其艳；《金瓶》亦艳，以其不异则止觉其淫。故悬鉴燃犀，遂使雪月风花，瓶罄篦梳，陈茎落叶诸精灵等物，妆娇逞态，以欺世于数百年间，一旦潜形无地，蜂蝶留名，杏梅争色，竹坡其碧眼胡乎！向弄珠客教人生怜悯畏惧心，今后看官睹西门庆等各色幻物，弄影行间，能不怜悯，能不畏惧乎？其视金莲当作敝履观矣。不特作者解颐而谢觉，今天下失一《金瓶梅》，添一《艳异编》，岂不大奇！

时康熙岁次乙亥清明中浣，秦中觉天者谢颐题于皋鹤堂。

二、第一奇书凡例

此书非有意刊行，偶因一时文兴，借此一试目力，且成于十数天内，又非十年精思，故内中其大段结束精意，悉照作者。至于琐碎处，未暇请教当世，幸暂量之。

一、《水浒传》圣叹批，大抵皆腹中小批居多。予书刊数十回后，或以此为言。予笑曰：《水浒》是现成大段毕具的文字，如一百八人，各有一传，虽有穿插，实次第分明，故圣叹只批其字句也。若《金瓶》，乃隐大段精采于琐碎之中，只分别字名，细心者皆可为，而反失其大段精采也。然我后数十回内，亦随手补入小批，是故欲知文字纲领者看上半部，欲随目成趣知文字细密者看下半部，亦何不可！

一、此书卷数浩繁，偶尔批成，适有工便，随刊呈世。其内或圈点不齐，或一二讹字，目力不到者，尚容细政，祈读时量之。

一、《金瓶》行世已久，予喜其文之整密，偶为当世同笔墨者闲中解颐。作《金瓶梅》者，或有所指，予则并无寓讽。设有此心，天地君亲其共恹之。

三、杂　录

【杂录小引】

凡看一书，必看其立架处，如《金瓶梅》内，房屋花园以及使用人等，皆其立架处也。何则？既要写他六房妻小，不得不派他六房居住。然全分开既难使诸人连合，全合拢又难使各人的事实入来，且何以见西门豪富。看他妙在将月、楼写在一处，娇儿在隐现之间。后文说挪厢房与大姐住，前又说大妗子见西门庆揭帘子进来，慌得往娇儿那边跑不迭，然则娇儿虽居厢房，却又紧连上房东间，或有门可通者也。雪娥在后院，近厨房。特特将金、瓶、梅三人，放在前边花园内，见得三人虽为侍妾，却似外室，名分不正，赘居其家，反不若李娇儿以娼家聚来，犹为名正言顺。则杀夫夺妻之事，断断非千金买妾之目。而金梅合，又分出瓶儿为一院，分者理势必然，必紧邻一墙者，为妒宠相争地步。而大姐住前厢，花园在仪门外，又为敬济偷情地步。见得西门庆一味自满托大，意谓惟我可以调弄人家妇女，谁敢狎我家春色，全不想这样妖淫之物，乃令其居于二门之外，墙头红杏，关且关不住，而况于不关也哉！金莲固是冶容诲淫，而西门庆实是慢藏诲盗，然则固不必罪陈敬济也。故云写其房屋，是其间架处，犹欲耍狮子，先立一场；而唱戏先设一台。恐看官混混看过，故为之明白开出，使看官如身入其中，然后好看书内有名人数进进出出，穿穿走走，做这些故事也。他如西门庆的家人妇女，皆书内听用者，亦录出之，令看者先已了了，俟后遇某人做某事，分外眼醒。而西门庆淫过妇人名数，开之足令看者伤心惨目，为之不忍也。若夫金莲，不异夏姬，故于其淫过者，亦录出之，令人知惧。

西门庆家人名数：

来保（子僧保儿、小舅子刘仓）、来旺、玳安、来兴、平安、来安、书童、画童、琴童、又琴童（天福儿改者）、棋童、来友、王显、春鸿、春燕、王经（系家丁）、来昭（暨铁棍儿）。后生（荣海）、司茶（郑纪）、烧火（刘包）、小郎（胡秀）、外甥小郎（崔本）、看坟（张安）。

西门庆家人媳妇：

来旺媳妇（二，其一则宋惠莲）、来昭媳妇（一丈青）、来保媳妇（惠祥）、来爵媳妇（惠元）、来兴媳妇（惠秀）。丫环：玉箫、小玉、兰香、小鸾、夏花、元霄儿、迎春、绣春、春梅、秋菊、中秋儿、翠儿。奶子：如意儿。

西门庆淫过妇女：

李娇儿、卓丢儿、孟玉楼、潘金莲、李瓶儿、孙雪娥、春梅、迎春、绣春、兰香、宋惠莲、来爵媳妇（惠元）、王六儿、贲四嫂、如意儿、林太太、李桂姐、吴银儿、郑月儿。

意中人：何千户娘子（蓝氏）、王三官娘子（黄氏）、锦云。外宠：书童、王经、潘金莲、王六儿。

潘金莲淫过人目：

张大户、西门庆、琴童、陈敬济、王潮儿。意中人：武二郎。外宠：西门庆。恶姻缘：武植。

藏春芙蓉镜：郓哥口、和尚耳，春梅秋波、猫儿眼中，铁棍舌畔、秋菊梦内。

附对：潘金莲品的箫，西门庆投的壶。

西门庆房屋：

门面五间，到底七进（后要隔壁子虚房，共作花园）。

上房（月娘住）、西厢房（李娇儿住）、堂屋后三间（孙雪娥住）。

后院厨房、前院穿堂、大客屋、东厢房（大姐住）、西厢房。

仪门（仪门外，则花园也）。三间楼一院（潘金莲住）、又三间楼一院（李瓶儿住）。二人住楼在花园前，过花园方是后边。

花园门在仪门外，后又有角门，通看月娘后边也。金莲、瓶儿两院两角门，前又有一门，即花园门也。花园内，后有卷棚、翡翠轩，前有山子，山顶上卧云亭，半中间藏春坞雪洞也。花园外，即印子铺门面也。门面旁，开大门也。对门，乃要的乔亲家房子也。狮子街乃子虚迁去住者，瓶儿带来，后开绒线铺，又狮子街即打李外传处也。内仪门外，两道旁，乃群房，宋惠莲等住者也。

四、第一奇书目录

一　　回　热结　冷遇[1]　　二　　回　勾情　说技
三　　回　受贿　私挑　　四　　回　幽欢　义愤
五　　回　捉奸　饮鸩　　六　　回　瞒天　遇雨
七　　回　说媒　气骂　　八　　回　占卦　烧灵
九　　回　偷娶　误打　　十　　回　充配　玩赏[2]
十一回　激打　梳笼　　十二回　私仆　魇胜
十三回　密约　私窥　　十四回　种孽　迎奸
十五回　赏灯　帮闲　　十六回　择吉　追欢
十七回　弹奸　许嫁　　十八回　脱祸　消魂
十九回　逻打　情感　　二十回　趋奉　争风
二十一回　扫雪　替花[3]　　二十二回　偷期　正色
二十三回　输钞　潜踪　　二十四回　戏娇　怒詈
二十五回　秋千　醉谤　　二十六回　递解　含羞
二十七回　私语　醉闹　　二十八回　侥幸　糊涂

---

① 悌字起。
② 金瓶梅三字至此全起。
③ 金瓶梅三人至此畅聚。

---

① 全部结果。

② 两番结果。

③ 孝子著书之意在此，教人以孝之意亦在此，此回以一个“孝”字。照应一百回孝哥的“孝”字。

七十三回	吹箫	试带	七十四回	假玉	谈经
七十五回	含酸	撒泼[①]	七十六回	娇撒	哭躲
七十七回	雪访	水战	七十八回	再战	独尝
七十九回	丧命	生儿	八 十 回	售色	盗财
八十一回	拐财	欺主	八十二回	得双	冷面
八十三回	含恨	寄简	八十四回	碧霞	雪洞
八十五回	知情	惜泪	八十六回	唆打	解渴
八十七回	忘祸	祭兄	八十八回	感旧	埋尸
八十九回	寡妇	夫人	九 十 回	盗拐	受辱
九十一回	爱嫁	怒打	九十二回	被陷	大闹
九十三回	义恤	娈淫	九十四回	酒楼	娼家
九十五回	窃玉	负心	九十六回	游旧	当面
九十七回	假续	真偕[②]	九十八回	旧识	情遇
九十九回	醉骂	窃听	一百回	路遇	幻化[③]

五、竹坡闲话

《金瓶梅》，何为而有此书也哉？曰:此仁人志士、孝子悌弟不得于时，上不能问诸天，下不能告诸人，悲愤呜唈，而作秽言以泄其愤也。虽然，上既不可问诸天，下亦不能告诸人，虽作秽言以丑其仇，而吾所谓悲愤呜唈者，未尝便慊然于心，解颐而自快也。夫终不能一畅吾志，是其言愈毒，而心愈悲，所谓“含酸抱阮”，以此固知玉楼一人，作者之自喻也。然其言既不能以泄

---

① 是作者一腔愤恨无可发泄处。

② 一部真假总结，照转冷热二字。

③ 孝字结。

吾愤，而终于“含酸抱阮”，作者何以又必有言哉？曰:作者固仁人也，志士也，孝子悌弟也。欲无言，而吾亲之仇也吾何如以处之？欲无言，而又吾兄之仇也吾何如以处之？且也为仇于吾天下万世也，吾又何如以公论之？是吾既不能上告天子以申其隐，又不能下告士师以求其平，且不能得急切应手之荆、聂以济乃事，则吾将止于无可如何而已哉！止于无可如何而已，亦大伤仁人志士、孝子悌弟之心矣。辗转以思，惟此不律可以少泄吾愤，是用借西门氏以发之。虽然，我何以知作者必仁人志士、孝子悌弟哉？我见作者之以孝哥结也。“磨镜”一回，皆《蓼莪》遗意，啾啾之声刺人心窝，此其所以为孝子也。至其以十兄弟对峙一亲哥哥，末复以二捣鬼为缓急相需之人，甚矣，《杀狗记》无此亲切也。

闲尝论之：天下最真者，莫若伦常；最假者，莫若财色。然而伦常之中，如君臣、朋友、夫妇，可合而成；若夫父子、兄弟，如水同源，如木同本，流分枝引，莫不天成。乃竟有假父、假子、假兄、假弟之辈。噫！此而可假，孰不可假？将富贵，而假者可真；贫贱，而真者亦假。富贵，热也，热则无不真；贫贱，冷也，冷则无不假。不谓“冷热”二字，颠倒真假一至于此！然而冷热亦无定矣。今日冷而明日热，则今日真者假，而明日假者真矣。今日热而明日冷，则今日之真者，悉为明日之假者矣。悲夫！本以嗜欲故，遂迷财色，因财色故，遂成冷热，因冷热故，遂乱真假。因彼之假者，欲肆其趋承，使我之真者皆遭其荼毒。所以此书独罪财色也。嗟嗟！假者一人死而百人来，真者一或伤而百难赎。世即有假聚为乐者，亦何必生死人之真骨肉以为乐也哉！

作者不幸，身遭其难，吐之不能，吞之不可，搔抓不得，悲号无益，借此以自泄。其志可悲，其心可悯矣。故其开卷，即以“冷热”为言，煞末又以“真假”为言。其中假父子矣，无何而有假母女；假兄弟矣，无何而有假弟妹；假夫妻矣，无何而有假外室；假亲戚矣，无何而有假孝子。满前役役营营，无非于假景中提傀儡。噫！识其假，则可任其冷热；守其真，则可乐吾孝悌。然而吾之亲父子已荼毒矣，则奈何？吾之亲手足已飘零矣，则奈何？上误吾之君，下辱吾之友，且殃及吾之同类，则奈何？是使吾欲孝，而已为不孝之人；欲悌，而已为不悌之人；欲忠欲信，而已放逐谗间于吾君、吾友之侧。日夜咄咄，仰天太息，吾何辜而遭此也哉？曰：以彼之以假相聚故也。噫嘻！彼亦知彼之所以为假者，亦冷热中事乎？假子之子于假父也，以热故也。假弟、假女、假友，皆以热故也。彼热者，盖亦不知浮云之有聚散也。未几而冰山颓矣，未几而阀阅朽矣。当世驱己之假以残人之真者，不瞬息而己之真者亦飘泊无依。所为假者安在哉？彼于此时，应悔向日为假所误。然而人之真者，已黄土百年。彼留假傀儡，人则有真怨恨。怨恨深而不能吐，日酿一日，苍苍高天，茫茫碧海，吾何日而能忘也哉！眼泪洗面，椎心泣血，即百割此仇，何益于事！是此等酸法，一时一刻，酿成千百万年，死而有知，皆不能坏。此所以玉楼弹阮来，爱姐抱阮去，千秋万岁，此恨绵绵无绝期矣。故用普净以解冤偈结之。夫冤至于不可解之时，转而求其解，则此一刻之酸，当何如含耶？是愤已百二十分，酸又百二十分，不作《金瓶梅》，又何以消遣哉？甚矣！仁人志士、孝子悌弟，上不能告诸天，下不能告诸人，悲愤呜咽，而作秽言，以泄其愤。自云含酸，不是撒泼，怀匕囊锤，以报其人；是亦一举。乃作者固自有志，耻作荆、聂，寓复仇之义于百回微言之中，谁为刀笔之利不杀人于千古哉！此所以有《金瓶梅》也。

然则《金瓶梅》，我又何以批之也哉？我喜其文之洋洋一百回，而千针万线，同出一丝，又千曲万折，不露一线。闲窗独坐，读史、读诸家文，少暇，偶一观之曰：如此妙文，不为之递出金针，不几辜负作者千秋苦心哉！久之心恒怯焉，不敢遽操管以从事。盖其书之细如牛毛，乃千万根共具一体，血脉贯通，藏针伏线，千里相牵，少有所见，不禁望洋而退。迩来为穷愁所迫，炎凉所激，于难消遣时，恨不自撰一部世情书，以排遣闷怀。几欲下笔，而前后结构，甚费经营，乃搁笔曰："我且将他人炎凉之书，其所以前后经营者，细细算出，一者可以消我闷怀，二者算出古人之书，亦可算我今又经营一书。我虽未有所作，而我所以持往作书之法，不尽备于是乎！然则我自做我之《金瓶梅》，我何暇与人批《金瓶梅》也哉！

六、冷热金针

《金瓶》以"冷热"二字开讲，抑孰不知此二字为一部之金钥乎？然于其点睛处，则未之知也。夫点睛处安在？曰：在温秀才、韩伙计。何则？韩者冷之别名，温者热之余气。故韩伙计于"加官"后即来，是热中之冷信。而温秀才自"磨镜"后方出，是冷字之先声。是知祸福倚伏，寒暑盗气，天道有然也。虽然，热与寒为匹，冷与温为匹，盖热者温之极，韩者冷之极也。故韩道国不出于冷局之后，而出热局之先，见热未极而冷已极。温秀才不来于热场之中，而来于冷局之首，见冷欲盛而热将尽也。噫嘻，一部言冷言热，何啻如花如火！而其点睛处乃以此二人，而数百年读者，亦不知其所以作韩、温二人之故。是作书者固难，而看书者为尤难，岂不信哉！

七、《金瓶梅》寓意说

稗官者，寓言也。其假捏一人，幻造一事，虽为风影之谈，亦必依山点石，借海扬波。故《金瓶》一部，有名人物不下百数，为之寻端竟委，大半皆属寓言。庶因物有名，托名摭事，以成此一百回曲曲折折之书，如西门庆、潘金莲、王婆、武大、武二，《水浒传》中原有之人，《金瓶》因之者无论。然则何以有瓶、梅哉？瓶因庆生也。盖云贪欲嗜恶，面骸枯尽，瓶之罄矣。特特撰出瓶儿，直令千古风流人同声一哭。因瓶生情，则花瓶而子虚姓花，银瓶而银姐名银。瓶与屏通，窥春必于隙。屏号芙蓉，“玩赏芙蓉亭”盖为瓶儿插笋。而“私窥”一回卷首词内，必云“绣面芙蓉一笑开”。后“玩灯”一回《灯赋》内，荷花灯、芙蓉灯。盖金、瓶合传，是因瓶假屏，又因屏假芙蓉，浸淫以入于幻也。屏、风二字相连，则冯妈妈必随瓶儿，而当大理屏风、又点睛妙笔矣。芙蓉栽以正月，冶艳于中秋，摇落于九月，故瓶儿必生于九月十五，嫁以八月廿五，后病必于重阳，死以十月，总是《芙蓉谱》内时候。墙头物去，亲事杳然，瓶儿悔矣。故蒋文蕙将闻悔而来也者。然瓶儿终非所据，必致逐散，故又号竹山。总是瓶儿心事中生出此一人。如意为瓶儿后身，故为熊氏姓张。熊之所贵者胆也，是如意乃瓶胆一张耳。故瓶儿好倒插花，如意‘茎露独尝’，皆瓶与瓶胆之本色情景。官哥幻其名意，亦皆官窑哥窑，故以雪贼死之。瓶遇猫击，焉能不碎？银瓶坠井，千古伤心。故解衣而瓶儿死，托梦必于何家。银瓶失水矣，竹篮打水，成何益哉？故用何家蓝氏作意中人，以送西门之死，亦瓶之余意也。

至于梅，又因瓶而生。何则？瓶里梅花，春光无几。则瓶罄喻骨髓暗枯，瓶梅又喻衰朽在即。梅雪不相下，故春梅宠而雪娥辱，春梅正位而雪娥愈辱。月为梅花主人，故永福相逢，必云故主。而吴典恩之事，必用春梅襄事。冬梅为奇寒所迫，至春吐气，故“不垂别泪”，乃作者一腔炎凉痛恨发于笔端。至周、舟同音，春梅归之，为载花舟。秀、臭同音，春梅遗臭载花舟且作粪舟。而周义乃野渡无人，中流荡漾，故永福寺里普净座前必用周义转世，为高留住儿，言须一篙留住，方登彼岸。

然则金莲，岂尽无寓意哉？莲与芰，类也；陈，旧也，败也；敬、茎同音。败茎芰荷，言莲之下场头。故金莲以敬济而败，“侥幸得金莲”，芰茎之罪。西门乃“打铁棍”，铁棍，芰茎影也，舍根而罪影，所谓糊涂。败茎不耐风霜，故至严州，而铁指甲一折即下。幸徐（山封）相救，风少劲即吹去矣。次后过街鼠寻风，是真朔风。风利如刀，刀利如风，残枝败叶，安得不摧哉！其父陈洪，已为露冷莲房坠粉红。其舅张团练搬去，又荷尽已无擎雨盖，留此败茎支持风雪，总写莲之不堪处。益知夏龙溪为金莲胜时写也。温秀才积至水秀才，至倪秀才，再至王潮儿，总言水枯莲谢，惟余数茎败叶潦倒污泥，所为风流不堪回首，无非为金莲污辱下贱写也。莲名金莲，瓶亦名金瓶，侍女偷金，莲、瓶相妒，斗叶输金，莲花飘萎，芸茎用事矣。他如宋惠莲、王六儿，亦皆为金莲写也。写一金莲，不足以尽金莲之恶，且不足以尽西门、月娘之恶，故先写一宋金莲，再写一王六儿，总与潘金莲一而二，二而三者也。然而惠莲，荻帘也，望子落，帘儿坠，含羞自缢，又为“叉竿挑帘”一回重作渲染。至王六儿，又黄芦儿别音，其娘家王母猪。黄芦与黄竹相类，其弟王经，亦黄芦茎之义。芦茎叶皆后空，故王六儿好干后庭花，亦随手成趣。芦亦有影，故看灯夜又用铁棍一觑春风，是芦荻皆莲之副，故曰二人皆为金莲写。此一部写金、写瓶、写梅之大梗概也。

若夫月娘为月，遍照诸花。生于中秋，故有桂儿为之女。“扫雪”而月娘喜，“踏雪”而月娘悲，月有阴晴明晦也。且月下吹箫，故用玉箫，月满兔肥，盈已必亏，故小玉成婚，平安即偷镀金钩子，到南瓦子里要。盖月照金钩于南瓦上，其亏可见。后用云里守人梦，月被云遮，小玉随之，与兔俱隐，情文明甚。

李娇儿，乃“桃李春风墙外枝”也。其弟李铭，言里明外暗，可发一笑。至贲四嫂与林太太，乃叶落林空，春光已去。贲四嫂姓叶，作“带水战”。西门庆将至其家，必云吩咐后生王显，是背面落水，显黄一叶也。林太太用文嫂相通，文嫂住捕衙厅前，女名金大姐，乃蜂衙中一黄蜂，所云蜂媒是也。此时爱月初宠，两番赏雪，雪月争寒，空林叶落，所莲花芙蓉，安能宁耐哉！故瓶死莲辱，独让春梅争香吐艳。而春鸿、春燕，又喻韶光迅速，送鸿迎燕，无有停息。来爵改名来友，见花事阑珊，燕莺遗恨。其妻惠元，三友会于园，看杜鹃啼血矣。内有玉箫勾引春风，外有玳安传消递息，箫有合欢之调，薰莲、惠元以之。箫有离别之音，故“三章约”乃阳关声。西门听之，能不动深悲耶？惹草拈花，必用玳安。一曰“嬉游蝴蝶巷”，再日“密访蜂媒”，已明其为蝶使矣，所谓“玳瑁斑花蝴蝶”非欤？书童则因箫而有名。盖篇内写月、写花、写雪，皆定名一人，惟风则止有冯妈妈。太守徐崶，虽亦一人。而非花娇月媚，正经脚色。故用书童与玉箫合，而萧疏之风动矣。未必云“私挂一帆”，可知其用意写风。然又通书为梳，故书童生于苏州府长熟县，字义可思。媚客之唱，必云“画损了掠儿稍”，接手云“贲四害怕”。“梳子在座，篦子害怕”，妙绝！《艳异》遗意，为男宠报仇。金莲必云“打了象牙”，明点牙梳。去必以瓶儿丧内，瓶坠簪折，牙梳零落，萧疏风起，春意阑珊，《阳关三叠》，大家将散场也。《金瓶》之大概寓言如此，其他剩意，不能殚述。推此观之，笔笔皆然。

至其写玉楼一人，则又作者经济学问，色色自喻皆到。试细细言之：玉楼簪上镌“玉楼人醉杏花天”，来自杨家，后嫁李家，遇薛嫂而受屈，遇陶妈妈而吐气，分明为杏无疑。可者，幸也。身毁名污，幸此残躯留于人世。而住居臭水巷。盖言无妄之来，遭此荼毒，污辱难忍，故著书以泄愤。嫁于李衙内，而李贵随之，李安往依之，以理为贵，以理为安。归于真定、枣强。真定，言吾心淡定；枣强，言黾勉工夫。所为勿助勿忘，此是作者学问。王杏庵送贫儿于晏公庙任道士为徒。晏，安也；任与人通，又与仁通，言：“我若得志，必以仁道济天下，使天下匹夫匹妇，皆在晏安之内，以养其生；皆入于人伦之中，以复其性。”此作者之经济也。不谓有金道士淫之，又有陈三引之，言为今人声色货利浸淫已久，我方竭力养之教之，而今道又使其旧性复散，不可救援，相率而至于永福寺内，共作孤魂而后已。是可悲哉！夫永福寺，涌于腹下，此何物也？其内僧人，一曰胡僧，再曰道坚，一肖其形，一美其号。永福寺真生我之门死我户，故皆于死后同归于此，见色之利害。而万回长老，其回肠也哉。他如黄龙寺，脾也；相国寺，相火也。拜相国长老，归路避风黄龙，明言相火动而脾风发，故西门死气如牛吼，已先于东京言之矣。是玉皇庙，心也。二重殿后一重侧门，其心尚可问哉？故有吴道士主持结拜，心既无道，结拜何益？所以将玉皇庙始而永福寺结者，以此。

更有因一事而生数人者，则数名公同一义。如车（扯）淡、管世（事）宽、游守（手）、郝（好）贤（闲），四人共一寓意也。又如李智（枝）、黄四，梅、李尽黄，春光已暮，二人共一寓意也。又如《带水战》一回，前云聂（捏）两湖、尚（上）小塘、汪北彦（沿），三人共一寓意也。又如安沈（枕）、宋（送）乔年，喻色欲伤生，二人共一寓意也。又有因一人而生数名者，应伯（白）爵（嚼）字光侯（喉），谢希（携）大（带）字子（紫）纯（唇），祝（住）实（十）念（年），孙天化（话）字伯（不）修（羞），常峙（时）节（借），卜（不）志（知）道，吴（无）典恩，云里守（手）字非（飞）去，白赖光字光汤，贲（背）第（地）传，傅（负）自新（心），甘（干）出身，韩道（捣）国（鬼）。因西门庆不肖，生出数名也。又有即物为名者，如吴神仙，乃镜也，名无夹，冰鉴照人无失也。黄真人，土也，瓶坠簪折，黄土伤心。末用楚云一人遥影，正是彩云易散。潘道士，撤也，死孽已成，撤着一做也。又有随手调笑，如西门庆父名达，盖明捏土音，言西门之达，即金莲所呼达达之达。设问其母何氏，当必云娘氏矣。桂姐接丁二官，打丁之人也。李（里）外传，取其传话之意。侯林儿，言树倒猢狲散。此皆掉手成趣处。他如张好问、白汝晃（谎）之类，不可枚举。随时会意，皆见作者狡猾之才。

若夫玉楼弹阮，爱姐继其后，抱阮以往湖州何官人家，依二捣鬼以终，是作者穷途有泪无可洒处，乃于爱河中捣此一篇鬼话。明亦无可如何之中，作书以自遣也。至其以孝哥结入一百回，用普净幻化，言惟孝可以消除万恶，惟孝可以永锡尔类，今使我不能全孝，抑曾反思尔之于尔亲，却是如何！千秋万岁，此恨绵绵，悠悠苍天，曷有其极，悲哉，悲哉！

八、苦孝说

夫人之有身，吾亲与之也。则吾之身，视亲之身为生死矣。若夫亲之血气衰老，归于大造，孝子有痛于中，是凡为人子者所同，而非一人独具之奇冤也。至于生也不幸，其亲为仇所算，则此时此际，以至千百万年，不忍一注目，不敢一存想，一息有知，一息之痛为无已。呜呼，痛哉！痛之不已，酿成奇酸，海枯石烂，其味深长。是故含此酸者，不敢独立默坐。苟独立默坐，则不知吾之身、吾之心、吾之骨肉，何以栗栗焉如刀斯割、如虫斯噬也。悲夫！天下尚有一境，焉能使斯人悦耳目、娱心志，一安其身也哉？苍苍高天，茫茫厚地，无可一安其身，必死用户庶几矣。然吾闻死而有知之说，则奇痛尚在，是死亦无益于酸也。然则必何如而可哉？必何如而可，意者生而无我，死而亦无我。夫生而无我，死而亦无我，幻化之谓也。推幻化之谓，既不愿为人，又不愿为鬼，并不愿为水石。盖为水为石，犹必流石人之泪矣。呜呼！苍苍高天，茫茫厚地，何故而有我一人，致令幻化之难也？故作《金瓶梅》者，一曰“含酸”，再曰“抱阮”，结曰“幻化”，且必曰幻化孝哥儿，作者之心，其有余痛乎？则《金瓶梅》当名之曰《奇酸志》、《苦孝说》。呜呼！孝子，孝子，有苦如是！

九、第一奇书非淫书论

诗云“以尔车来，以我贿迁”，此非瓶儿等辈乎？又云“子不我思，岂无他人”，此非金、梅等辈乎？“狂且狡童”，此非西门、敬济等辈乎？乃先师手订，文公细注，岂不曰此淫风也哉！所以云“诗三百，一言以蔽之曰：思无邪。”注云：“诗有善有恶。善者起发人之善心，恶者惩创人之逆志。”圣贤著书立言之意，固昭然于千古也。今夫《金瓶梅》一书作者，亦是将《褰裳》、《风雨》、《箨兮》、《子衿》诸诗细为摹仿耳。夫微言之而文人知儆，显言之而流俗知惧。不意世之看者，不以为惩劝之韦弦，反以为行乐之符节，所以目为淫书，不知淫者自见其为淫耳。但目今旧板，现在金陵印刷，原本四处流行买卖。予小子悯作者之苦心，新同志之耳目，批此一书，其“寓意说”内，将其一部奸夫淫妇，翻批作草木幻影；一部淫词艳语，悉批作起伏奇文。至于以“悌”字起，“孝”字结，一片天命民彝，殷然恻侧，又以玉楼、杏庵照出作者学问经纶，使人一览无复有前此之《金瓶》矣。但恐不学风影等辈，借端恐虎，意在骗诈。夫现今通行发卖，原未禁止；小子穷愁著书，亦书生常事。又非借此沽名，本因家无寸土，欲觅蝇头以养生耳。即云奉行禁止，小子非套翻原板，固我自作我的《金瓶梅》。我的《金瓶梅》上洗淫乱而存孝悌，变账簿以作文章，直使《金瓶》一书冰消瓦解，则算小子劈《金瓶梅》原板亦何不可！夫邪说当辟，而辟邪说者必就邪说而辟之，其说方息。今我辟邪说而人非之，是非之者必邪说也。若不予先辨明，恐当世君子为其所惑。况小子年始二十有六，素与人全无恩怨，本非借不律以泄愤懑；又非囊有余钱，借梨枣以博虚名：不过为糊口计。兰不当门，不锄何害？锄之何益？是用抒诚，以告仁人君子，共其量之。

十、批评第一奇书《金瓶梅》读法

劈空撰出金、瓶、梅三个人来，看其如何收拢一块，如何发放开去。看其前半部止做金、瓶，后半部止做春梅。前半人家的金瓶，被他千方百计弄来，后半自己的梅花，却轻轻地被人夺去。(一)

起以玉皇庙，终以水福寺，而一回中已一齐说出，是大关键处。(二)

先是吴神仙总览其盛，后是黄真人少扶其衰，末是普净师一洗其业，是此书大照应处。(三)

“冰鉴定终身”，是一番结束，然独遗陈敬济。“戏笑卜龟儿”，又遗潘金莲。然金莲即从其自己口中补出，是故亦不遗金莲，当独遗西门庆与春梅耳。两番瓶儿托梦，盖又单补西门。而叶头陀相面，才为敬济一番结束也。(四)

未出金莲，先出瓶儿；既娶金莲，方出春梅；未娶金莲，却先娶玉楼；未娶瓶儿，又先出敬济。文字穿插之妙，不可名言。若夫夹写惠莲、王六儿、贲四嫂、如意儿诸人，又极尽天工之巧矣。(五)

会看《金瓶》者，看下半部。亦惟会看者，单看上半部，如“生子加官”时，唱“韩湘子寻叔”、“叹浮生犹如一梦”等，不可枚举，细玩方知。(六)

《金瓶》有板定大章法。如金莲有事生气，必用玉楼在旁，百遍皆然，一丝不易，是其章法老处。他如西门至人家饮酒，临出门时，必用一人或一官来拜、留坐，此又是“生子加官”后数十回大章法。(七)

《金瓶》一百回，到底俱是两对章法，合其目为二百件事。然有一回前后两事，中用一语过节；又有前后两事，暗中一笋过下。如第一回，用玄坛的虎是也。又有两事两段写者，写了前一事半段，即写后一事半段，再完前半段，再完后半段者。有二事

而参伍错综写者，有夹入他事写者。总之，以目中二事为条干，逐回细玩即知。（八）

《金瓶》一回，两事作对固矣，却又有两回作遥对者。如金莲琵琶、瓶儿象棋作一对，偷壶、偷金作一对等，又不可枚举。（九）

前半处处冷，令人不耐看；后半处处热，而人又看不出。前半冷，当在写最热处，玩之即知；后半热，看孟玉楼上坟，放笔描清明春色便知。（十）

内中有最没正经、没要紧的一人，却是最有结果的人，如韩爱姐是也。一部中，诸妇人何可胜数，乃独以爱姐守志结何哉？作者盖有深意存于其意矣。言爱姐之母为娼，而爱姐自东京归，亦曾迎人献笑，乃一留心敬济，之死靡他，以视瓶儿之于子虚，春梅之于守备，二人固当愧死。若金莲之遇西门，亦可如爱姐之逢敬济，乃一之于琴童，再之于敬济，且下及王潮儿，何其比回心之娼妓亦不若哉？此所以将爱姐作结，以愧诸妇；且言爱姐以娼女回头，还堪守节，奈之何身居金屋而不改过悔非，一竟丧廉寡耻，于死路而不返哉？（一一）

读《金瓶》，须看其大间架处。其大间架处，则分金、梅在一起，分瓶儿在一处，又必合金、瓶、梅在前院一处。金、梅合而瓶儿孤，前院近而金、瓶妒，月娘远而敬济得以下手也。（一二）

读《金瓶》，须看其入笋处。如玉皇庙讲笑话，插入打虎；请子虚，即插入后院紧邻；六回金莲才热，即借嘲骂处插入玉楼；借问伯爵连日那里，即插出桂姐；借盖捲棚即插入敬济，借翠管家插入王六儿；借翡翠轩插入瓶儿生子；借梵僧药，插入瓶儿受病；借碧霞宫插入普净；借上坟插入李衙内；借拿皮袄插入玳安、小玉。诸如此类，不可胜数，盖其用笔不露痕迹处也。其所以不露痕迹处，总之善用曲笔、逆笔，不肯另起头绪用直笔、顺笔也。夫此书头绪何限？若一一起之，是必不能之数也。我执笔时，亦必想用曲笔、逆笔，但不能如他曲得无迹、逆得不觉耳。此所以妙也。（一三）

《金瓶》有节节露破绽处。如窗内淫声，和尚偏听见；私琴童，雪娥偏知道；而裙带葫芦，更属险事；墙头密约，金莲偏看见；惠莲偷期，金莲偏撞着；翡翠轩，自谓打听瓶儿；葡萄架，早已照人铁棍；才受赃，即动大巡之怒；才乞恩，便有平安之才；调婿后，西门偏就摸着；烧阴户，胡秀偏就看见。诸如此类，又不可胜数，总之，用险笔以写人情之可畏，而尤妙在既已露破，乃一语即解，绝不费力累赘。此所以为化笔也。（一四）

《金瓶》有特特起一事、生一人，而来既无端，去亦无谓，如书童是也。不知作者，盖几许经营，而始有书童之一人也。其描写西门淫荡，并及外宠，不必说矣。不知作者盖因一人之出门，而方写此书童也。何以言之？瓶儿与月娘始疏而终亲，金莲与月娘始亲而终疏。虽固因逐来昭、解来旺起衅，而未必至撒泼一番之甚也。夫竟至撒泼一番者，有玉箫不惜将月娘底里之言罄尽告之也。玉箫何以告之？曰有“三章约”在也。“三章”何以肯受？有书童一节故也。夫玉箫、书童不便突起炉灶，故写“藏壶构衅”于前也。然则遥遥写来，必欲其撒泼，何为也哉？必得如此，方于出门时月娘毫无怜惜，一弃不顾，而金莲乃一败涂地也。谁谓《金瓶》内有一无谓之笔墨也哉。（一五）

《金瓶》内正经写六个妇人，而其实止写得四个：月娘，玉楼，金莲，瓶儿是也。然月娘则以大纲故写之；玉楼虽写，则全以高才被屈，满肚牢骚，故又另出一机轴写之，然则以不得不写。写月娘，以不肯一样写；写玉楼，是全非正写也。其正写者，惟瓶儿、金莲。然而写瓶儿，又每以不言写之。夫以不言写之，是以不写处写之。以不写处写之，是其写处单在金莲也。单写金莲，宜乎金莲之恶冠于众人也。吁，文人之笔可惧哉！（一六）

《金瓶》内，有两个人为特特用意写之，其结果亦皆可观。如春梅与玳安儿是也。于同作丫鬟时，必用几遍笔墨描写春梅心高志大，气象不同；于众小厮内，必用层层笔墨，描写玳安色色可人。后文春梅作夫人，玳安作员外。作者必欲其如此何哉？见得一部炎凉书中翻案故也。何则？止知眼前作婢，不知即他日之夫人；止知眼前作仆，不知即他年之员外。不特他人转眼奉承，即月娘且转而以上宾待之，末路倚之。然则人之眼边前炎凉成何益哉！此是作者特特为人下砧砭也。因要他于污泥中为后文翻案，故不得不先为之抬高身分也。（一七）

李娇儿、孙雪娥，要此二人何哉？写一李娇儿，见其来遇金莲、瓶儿时，早已嘲风弄月，迎好卖俏，许多不肖事，种种可杀。是写金莲、瓶儿，乃实写西门之恶；写李娇儿，又虚写西门之恶。写出来的既已如此，其未写出来的时，又不知何许恶端不可问之事于从前也。作者何其深恶西门之如是！至孙雪娥，出身微贱，分不过通房，何其必劳一番笔墨写之哉？此又作者菩萨心也。夫以西门之恶，不写其妻作倡，何以报恶人？然既立意另一花样写月娘，断断不忍写月娘至于此也。玉楼本是无辜受毒，何忍更令其顶缸受报？李娇儿本是娼家，瓶儿更欲用之孽报于西门生前，而金莲更自有冤家债主在，且即使之为娼，于西门何损？于金莲似甚有益，乐此不苦，又何以言报也？故用写雪娥以至于为娼，以总张西门之报，且暗结宋惠莲一段公案。至于张胜、敬

济后事，则又情因文生，随手收拾。不然雪娥为娼，何以结果哉？（一八）

又娇儿色中之财，看其在家管库，临去拐财可见。王六儿财中之色，看其与西门交合时，必云做买卖，骗丫头房子，说合苗青。总是借色起端也。”（一九）

书内必写惠莲，所以深潘金莲之恶于无尽也，所以为后文妒瓶儿时，小试行道之端也。何则？惠莲才蒙爱，偏是他先知，亦如迎春唤猫。金莲睃见也。使春梅送火山洞，何异教西门早娶瓶儿，愿权在一块住也。惠莲跪求，使尔舒心，且许多牢笼关锁，何异瓶儿来时，乘醉说一跳板走的话也。两舌雪娥，使激惠莲，何异对月娘说瓶儿是非之处也。卒之来旺几死而未死，惠莲可以不死而竟死，皆金莲为之也。作者特特于瓶儿进门加此一段，所以危瓶儿也。而瓶儿不悟，且亲密之，宜乎其祸不旋踵，后车终覆也。此深著金莲之恶。吾故曰：其小试行道之端，盖作者为不知远害者写一样子。若只随手看去，便说西门庆又刮上一家人媳妇子矣。夫西门庆，杀夫夺妻取其财，庇杀主之奴，卖朝廷之法，岂必于此特特撰此一事以增其罪案哉？然则看官每为作者瞒过了也。（二十）

后又写如意儿，何故哉？又作者明白奈何金莲，见其死惠莲、死瓶儿之均属无益也。何则？惠莲才死，金莲可一快。然而官哥生，瓶儿宠矣。及官哥死，瓶儿亦死，金莲又一大快。然而如意口脂，又从灵座生香，去掉一个，又来一个。金莲虽善固宠，巧于制人，于此能不技穷袖手，其奈之何？故作者写如意儿，全为金莲写，亦全为惠莲、瓶儿愤也。（二一）

然则写桂姐、银儿、月儿诸妓，何哉？此则总写西门无厌，又见其为浮薄立品，市井为习。而于中写桂姐，特犯金莲；写银姐，特犯瓶儿；又见金、瓶二人，其气味声息，已全通娼家。虽未身为倚门之人，而淫心乱行，实臭味相投，彼娼妇犹步后尘矣。其写月儿，则另用香温玉软之笔，见西门一味粗鄙，虽章台春色，犹不能细心领略，故写月儿，又反衬西门也。(二二)

写王六儿、贲四嫂以及林太太何哉？曰：王六儿、贲四嫂、林太太三人是三样写法，三种意思。写王六儿乾，专为财能致色一着做出来。你看西门在日，王六儿何等趋承，乃一旦拐财远遁。故知西门于六儿，借财图色，而王六儿亦借色求财。故西门死，必自王六儿家来，究竟财色两空。王六儿遇何官人，究竟借色求财。甚矣！色可以动人，尤未如财之通行无阻，人人皆爱也。然则写六儿，又似童讲财，故竟结入一百回内。至于贲四嫂，却为玳安写。盖言西门止知贪滥无厌，不知其左右亲随且上行下效，已浸淫乎欺主之风，而“窃玉成婚”，已伏线于此矣。若云陪写王六儿，犹是浅着。再至林太太，吾不知作者之心，有何千万愤懑，而于潘金莲发之。不但杀之割之，而并其出身之处、教习之人，皆欲致之死地而方畅也。何则？王招宣府内，故金莲旧时卖入学歌学舞之处也。今看其一腔机诈，丧廉寡耻，若云本自天生，则良心为不可必，而性善为不可据也。吾知其自二、三岁时，未必便如此淫荡也。使当日王招宣家男敦礼义，女尚贞廉，淫声不出于口，淫色不见于目，金莲虽淫荡，亦必化而为贞女。奈何堂堂招宣，不为天子招服远人，宣扬威德，而一裁缝家九岁女孩至其家，即费许多闲情，教其描眉画眼，弄粉涂朱，且教其做张做致，乔模乔样。其待小使女如此，则其仪型妻子可知矣。宜乎三官之不肖荒淫，林氏之荡闲踰矩也。招宣实教之，夫复何尤！然则招宣教一金莲，以贻害无穷：身受其害者，前有武大，后有西门，而林氏为招宣还报，固其宜也。吾故曰：

作者盖深恶金莲，而并恶及其出身之处，故写林太太也。然则张大户亦成金莲之恶者，何以不写？曰：张二官顶补西门千户之缺，而伯爵走动说娶娇儿，俨然又一西门，其受报亦必又有不可尽言者。则其不着笔墨处，又有无限烟波，直欲又藏一部大书于无笔处也。此所谓笔不到而意到者。（二三）

《金瓶》写月娘，人人谓西门氏亏此一人内助。不知作者写月娘之罪，纯以隐笔，而人不知也。何则？良人者，妻之所仰望而终身者也。若其夫千金买妾为宗嗣计，而月娘百依百顺，此诚《关雎》之雅，千古贤妇人也。若西门庆杀人之夫，劫人之妻，此真盗贼之行也。其夫为盗贼之行，而其妻不涕泣而告之，乃依违其间，视为路人，休戚不相关，而且自以好好先生为贤，其为心尚可问哉！至其于陈敬济，则作者已大书特书，月娘引贼入室之罪可胜言哉！至后识破奸情，不知所为分处之计，乃白口关门，便为处此已毕。后之逐敬济，送大姐，请春梅，皆随风弄舵，毫无成见；而听尼宣卷，胡乱烧香，全非妇女所宜。而后知“不甚读书”四字，误尽西门一生，且误尽月娘一生也。何则？使西门守礼，便能以礼刑其妻；今止为西门不读书，所以月娘虽有为善之资，而亦流于不知大礼，即其家常举动，全无举案之风，而徒多眉眼之处。盖写月娘，为一知学好而不知礼之妇人也。夫知学好矣，而不知礼，犹足贻害无穷，使敬济之恶归罪于己，况不学好者乎！然则敬济之罪，月娘成之，月娘之罪，西门庆刑于之过也。（二四）

文章有加一倍写法，此书则善于加倍写也。如写西门之执，更写蔡、宋二御史，更写六黄太尉，更写蔡太师，更写朝房，此加一倍热也。如写西门之冷，则更写一敬济在冷铺中，更写蔡太师充军，更写徽、钦北狩，真是加一倍冷。要之加一倍热，更欲

写如西门之热者何限，而西门独倚财肆恶；加一倍冷者，正欲写如西门之冷者何穷，而西门乃不早见机也。（二五）

写月娘，必写其好佛者，人抑知作者之意乎？作者开讲，早已劝人六根清净，吾知其必以“空”结此“财色”二字也。安“空”字作结，必为僧乃可。夫西门不死，必不回头，而西门既死，又谁为僧？使月娘于西门一死，不顾家业，即削发入山，亦何与于西门说法？今必仍令西门自己受持方可。夫西门已死则奈何？作者几许踟蹰，乃以孝哥儿生于西门死之一刻，卒欲令其回头，受我度脱。总以圣贤心发菩萨愿，欲天下无终讳过之人，人无不改之过也。夫人之既死，犹望其改过于来生，然则作者之待西门何其忠厚慨恻，而劝勉于天下后世之人，何其殷殷不已也。是故既有此段大结束在胸中，若突然于后文生出一普净师幻化了去，无头无绪，一者落寻常窠臼，二者笔墨则脱落痕迹矣。故必先写月娘好佛，一路尸尸闪闪，如草蛇灰线。后又特笔出碧霞宫，方转到雪涧，而又只一影普师，迟至十年，方才复收到永福寺。且于幻影中，将一部中有名人物，花开豆爆出来的，复一一烟消火灭了去。盖生离死别，各人传中皆自有结，此方是一总大结束。作者直欲使一部千针万线，又尽幻化了还之于太虚也。然则写月娘好佛，岂泛泛然为吃斋村妇闲写家常哉？此部书总妙在千里伏脉，不肯作易安之笔，没笋之物也是故妙绝群书。（二六）

又月娘好佛，内便隐三个姑子，许多隐谋诡计，教唆她烧夜香，吃药安胎，无所不为。则写好佛，又写月娘之隐恶也，不可不知。（二七）

内中独写玉楼有结果，何也？盖劝瓶儿、金莲二妇也。言不幸所天不寿，自己虽不能守，亦且静处金闺，令媒妁说合事成，虽不免扇坟之诮，然犹是孀妇常情。及嫁，而纨扇多悲，亦须宽心忍耐，安于数命。此玉楼俏心疡，高诸妇一着。春梅一味托大，玉楼一味胆小，故后日成就，春梅必竟有失身受嗜欲之危，而玉楼则一劳而永逸也。（二八）

陈敬济严州一事，岂不蛇足哉？不知作者一笔而三用也。一者为敬济堕落人冷铺作因，二者为大姐一死伏线，三者欲结玉楼实实遇李公子为百年知己，可偿在西门家三四年之恨也。何以见之？玉楼不为敬济所动，固是心焉李氏，而李公子宁死不舍。天下有宁死不舍之情，非知己之情也哉？可必其无《白头吟》也。观玉楼之风韵嫣然，实是第一个美人，而西门乃独于一滥觞之金莲厚。故写一玉楼，明明说西门为市井之徒，知好淫，而且不知好色也。（二九）

玉楼来西门家，合婚过礼，以视“偷娶”“迎奸赴会”，何啻天壤？其吉凶气象已自不同。其嫁李衙内，则依然合婚行茶过礼，月娘送亲。以视老鸨争论，夜随来旺，王婆领出，不垂别泪，其明晦气象又自不同。故知作者特特写此一位真正美人，为西门不知风雅定案也。（三十）

金莲与瓶儿进门皆受辱。独玉楼自始至终无一褒贬。噫，亦有心人哉！（三一）

西门是混账恶人，吴月娘是奸险好人，玉楼是乖人，金莲不是人，瓶儿是痴人，春梅是狂人，敬济是浮浪小人，娇儿是死人，雪娥是蠢人，宋惠莲是不识高低的人，如意儿是顶缺之人。若王六儿与林太太等，直与李桂姐一流。总是不得叫做人。而伯爵、希大辈，皆是没良心的人。兼之蔡太师、蔡状元、宋御史，皆是枉为人也。（三二）

狮子街，乃武松报仇之地，西门几死其处。曾不数日，而于虚又受其害，西门徜徉来往。俟后王六儿，偏又为之移居此地。

赏灯，偏令金莲两遍身历其处。写小人托大忘患，嗜恶不悔，一笔都尽。(三三)

《金瓶梅》是一部《史记》。然而《史记》有独传，有合传，却是分开做的。《金瓶梅》却是一百回共成一传，而千百人总合一传，内却又断断续续，各人自有一传，固知作《金瓶》者必能作《史记》也。何则？既已为其难，又何难为其易。(三四)

每见批此书者，必贬他书以褒此书。不知文章乃公共之物，此文妙，何妨彼文亦妙？我偶就此文之妙者而评之，而彼文之妙，固不掩此文之妙者也。即我自作一文，亦不得谓我之文出，而天下之文皆不妙，且不得谓天下更无妙文妙于此者。奈之何批此人之文，即若据为己有，而必使凡天下之文皆不如之。此其同心偏私狭隘，决做不出好文。夫做不出好文，又何能批人之好文哉！吾所谓《史记》易于《金瓶》，盖谓《史记》分做，而《金瓶》全做。即使龙门复生，亦必不谓予左袒《金瓶》。而予亦并非谓《史记》反不妙于《金瓶》，然而《金瓶》却全得《史记》之妙也。文章得失，惟有心者知之。我止赏其文之妙，何暇论其人之为古人，为后古之人，而代彼争论，代彼廉让也哉？(三五)

作小说者，概不留名，以其各有寓意，或暗指某人而作。夫作者既用隐恶扬善之笔，不存其人之姓名，并不露自己之姓名，乃后人必欲为之寻端竟委，说出名姓何哉？何其刻薄为怀也！且传闻之说，大都穿凿，不可深信。总之，作者无感慨，亦必不著书，一言尽之矣。其所欲说之人，即现在其书内。彼有感慨者，反不忍明言；我没感慨者，反必欲指出，真没搭撒、没要紧也。故“别号东楼”“小名庆儿”之说，概置不问。即作书之人，亦止以“作者”称之。彼既不著名于书，予何多赘哉？近见《七才子书》，满纸王四，虽批者各自有意，而予则谓何不留此闲工，

多曲折于其文之起尽也哉？偶记于此，以白当世。（三六）

《史记》中有年表，《金瓶》中亦有时日也。开口云西门庆二十七岁，吴神仙相面则二十九，至临死则三十三岁。而官哥则生于政和四年丙申，卒于政和五御丁酉。夫西门庆二十九岁生子，则丙申年；至三十三岁，该云庚子，而西门乃卒于“戊戌”。夫李瓶儿亦该云卒于政和五年，乃云“七年”，此皆作者故为参差之处。何则？此书独与他小说不同。看其三四年间，却是一日一时推着数去，无论春秋冷热，即某人生日，某人某日来请酒，某月某日请某人，某日是某节令，齐齐整整捱去。若再将三五年间甲子次序，排得一丝不乱，是真个与西门计账簿，有如世之无目者所云者也。故特特错乱其年谱，大约三五年间，其繁华如此。则内云某日某节，皆历历生动，不是死板一串铃，可以排头数去。而偏又能使看者五色眯目，真有如捱着一日日过去也。此为神妙之笔。嘻，技至此亦化矣哉！真千古至文，吾不敢以小说目之也。（三七）

一百回是一回，必须放开眼光作一回读，乃知其起尽处。（三八）

一百回不是一日做出，却是一日一刻创成。人想其创造之时，何以至于创成，便知其内许多起尽，费许多经营，许多穿插裁剪也。（三九）

看《金瓶》，把他当事实看，便被他瞒过，必须把他当文章看，方不被他瞒过也。（四十）

看《金瓶》，将来当他的文章看，犹须被他瞒过；必把他当自己的文章读，方不被他满过。（四一）

将他当自己的文章读，是矣。然又不如将他当自己才去经营的文章。我先将心与之曲折算出，夫而后谓之不能瞒我，方是不

能瞒我也。（四二）

做文章，不过是“情理”二字。今做此一篇百回长文，亦只是“情理”二字。于一个人心中，讨出一个人的情理，则一个人的传得矣。虽前后夹杂众人的话，而此一人开口，是此一人的情理；非其开口便得情理，由于讨出这一人的情理方开口耳。是故写十百千人皆如写一人，而遂洋洋乎有此一百回大书也。（四三）

《金瓶》每于极忙时偏夹叙他事入内。如正未娶金莲，先插娶孟玉楼；娶玉楼时，即夹叙嫁大姐；生子时，即夹叙吴典恩借债；官哥临危时，乃有谢希大借银；瓶儿死时，乃人玉箫受约；择日出殡，乃有请六黄太尉等事；皆于百忙中，故作消闲之笔。非才富一石者何以能之？外加武松问傅伙计西门庆的话，百忙里说出“二两一月”等文，则又临时用轻笔讨神理，不在此等章法内算也。（四四）

《金瓶梅》妙在善于用犯笔而不犯也。如写一伯爵，更写一希大，然毕竟伯爵是伯爵，希大是希大，各人的身分，各人的谈吐，一丝不紊。写一金莲，更写一瓶儿，可谓犯矣，然又始终聚散，其言语举动，又各各不乱一丝。写一王六儿，偏又写一贲四嫂。写一李桂姐，偏又写一吴银姐、郑月儿。写一王婆，偏又写一薛媒婆、一冯妈妈、一文嫂儿、一陶媒婆。写一薛姑子，偏又写一王姑子、刘姑子。诸如此类，皆妙在、特特犯手，却又各各一款，绝不相同也。（四五）

《金瓶梅》于西门庆，不作一文笔；于月娘，不作一显笔；于玉楼，则纯用俏笔；于金莲，不作一钝笔；于瓶儿，不作一深笔；于春梅，纯用傲笔；于敬济，不作一韵笔；于大姐，不作一秀笔；于伯爵，不作一呆笔；于玳安儿，不着一蠢笔。此所以各各皆到也。（四六）

《金瓶梅》起头放过一男一女，结末又放去一男一女。如卜志道、卓丢儿，是起头放过者。楚云与李安，是结末放去者。夫起头放过去，乃云卜志道是花子虚的署缺者。不肯直出子虚，又不肯明是于十个中止写九个，单留一个缺去寻子虚顶补。故先着一人，随手去之，以出其缺，而便于出子虚，且于出子虚时，随手出瓶儿也。不然，先出子虚于十人之中，则将出瓶儿时又费笔墨。故卜志道虽为子虚署缺，又为瓶儿做楔子也。既云做一楔子，又何有顾意命名之义？而又必用一名，则只云“不知道”可耳，故云“卜志道”。至于丢儿，则又玉楼之署缺者。夫未娶玉楼，先娶此人，既娶玉楼，即丢开此人，岂如李瓶儿今日守灵，明朝烧纸，丫鬟奶子相伴空房，且一番两番托梦也。是诚丢开脑后之人，故云“丢儿”也。是其起头放过者，皆意在放过那人去，放入这人来也。至其结末放去者，曰楚云者，盖为西门家中彩云易散作一影字。又见得美色无穷，人生有限，死到头来，虽有西子、王嫱，于我何涉？则又作者特特为起讲数语作证也。至于李安，则又与韩爱姐同意，而又为作者十二分满许之笔，写一孝子正人义士，以作中流砥柱也。何则？一部书中，上自蔡太师，下至侯林儿等辈，何止百有余人，并无一个好人，非迎奸卖俏之人，即附势趋炎之辈，使无李安一孝子，不几使良心种子灭绝乎？看其写李安母子相依，其一篇话头，真见得守身如玉、不敢毁伤发肤之孝子。以视西门、敬济辈，真猪狗不如之人也。然则末节放过去的两人，又放不过众人，故特特放过此二人，以深省后人也。（四七）

写花子虚即于开首十人中，何以不便出瓶儿哉？夫作者于提笔时，固先有一瓶儿在其意中也。先有一瓶儿在其意中，其后如何偷期，如何迎奸，如何另嫁竹山，如何转嫁西门，其着数俱已算就。然后想到其夫，当令何名，夫不过令其应名而已，则将来虽有如无，故名之曰“子虚”。瓶本为花而有，故即姓花。忽然于出笔时，乃想叙西门氏正传也。于叙西门传中，不出瓶儿，何以入此公案？特叙瓶儿，则叙西门起头时，何以说隔壁一家姓花名某，某妻姓李名某也？此无头绪之笔，必不能入也。然则俟金莲进门再叙何如？夫他小说，便有一件件叙去，另起头绪于中，惟《金瓶梅》，纯是太史公笔法。夫龙门文字中，岂有于一篇特特着意写之人，且十分有八分写此人之人，而于开卷第一回中不总出枢纽，如衣之领，如花之蒂，而谓之太史公之文哉？近人作一本传奇，于起头数折，亦必将有名人数点到。况《金瓶梅》为海内奇书哉！然则作者又不能自己另出头绪说。势必借结弟兄时，入花子虚也。夫使无伯爵一班人先与西门打热，则弟兄又何由而结？使写子虚亦在十人数内，终朝相见，则于第一回中西门与伯爵会时，子虚系你知我见之人，何以开口便提起“他家二嫂”？即提起二嫂，何以忽说“与咱院子止隔一墙？”而二嫂又何如好也哉？故用写子虚为会外之人，今日拉其人会，而因其邻墙，乃用西门数语，则瓶儿已出，邻墙已明，不言之表，子虚一家皆跃然纸上。因又算到不用卜志道之死，又何因想起拉子虚入会？作者纯以神工鬼斧之笔行文，故曲曲折折，止令看者眯目，而不令其窥彼金针之一度。吾故曰：纯是龙门文字。每于此等文字，使我悉心其中，曲曲折折，为之出入其起尽。何异人五岳三岛，尽览奇胜？我心乐此，不为疲也。（四八）

《金瓶》内，即一笑谈，一小曲，皆因时致宜，或直出本回之意，或足前回，或透下回，当于其下另自分注也。（四九）

《金瓶梅》一书，于作文之法无所不备，一时亦难细说，当各于本回前著明之。（五十）

《金瓶梅》说淫话，止是金莲与王六儿处多，其次则瓶儿，他如月娘、玉楼止一见，而春梅则惟于点染处描写之。何也？写月娘，惟“扫雪”前一夜，所以丑月娘、丑西门也。写玉楼，惟于“含酸”一夜，所以表玉楼之屈，而亦以丑西门也。是皆非写其淫荡之本意也。至于春梅，欲留之为炎凉翻案，故不得不留其身分，而止用影写也。至于百般无耻，十分不堪，有桂姐、月儿不能出之于口者，皆自金莲、六儿口中出之。其难堪为何如？此作者深罪西门，见得如此狗彘，乃偏喜之，真不是人也。故王六儿、潘金莲有日一齐动手，西门死矣。此作者之深意也。至于瓶儿，虽能忍耐，乃自讨苦吃，不关人事，而气死子虚，迎奸转嫁，亦去金莲不远，故亦不妨为之驰张丑态。但瓶儿弱而金莲狠，故写瓶儿之淫，略较金莲可些。而亦早自丧其命于试药之时，甚言女人贪色，不害人即自害也。吁，可畏哉！若惠莲、如意辈，有何品行？故不妨唐突。而王招宣府内林太太者，我固云为金莲波及，则欲报应之人，又何妨唐突哉！（五一）

《金瓶梅》不可零星看，如零星，便止看其淫处也。故必尽数日之间，一气看完，方知作者起伏层次，贯通气脉，为一线穿下来也。（五二）

凡人谓《金瓶》是淫书者，想必伊止知看其淫处也。若我看此书，纯是一部史公文字。（五三）

做《金瓶梅》之人，若令其做忠臣孝子之文，彼必能又出手眼，摹神肖影，追魂取魄，另做出一篇忠孝文字也。我何以知之？我于其摹写奸夫淫妇知之。（五四）

今有和尚读《金瓶》，人必叱之，彼和尚亦必避人偷看；不知真正和尚方许他读《金瓶梅》。（五五）

今有读书者看《金瓶》，无论其父母师傅禁止之，即其自己

亦不敢对人读。不知真正读书者，方能看《金瓶梅》，其避人读者，乃真正看淫书也。（五六）

作《金瓶》者，乃善才化身，故能百千解脱，色色皆到。不然正难梦见。（五七）

作《金瓶》者，必能转身证菩萨果。盖其立言处，纯是麟角凤嘴文字故也。（五八）

作《金瓶梅》者，必曾于患难穷愁，人情世故，一一经历过，入世最深，方能为众角色摹神了。（五九）

作《金瓶梅》，若果必待色色历遍才有此书，则《金瓶梅》又必做不成也。何则？即如诸淫妇偷汉，种种不同，若必待身亲历而后知之，将何以经历哉？故知才子无所不通，专在一心也。（六十）

一心所通，实又真个现身一番，方说得一番。然则其写诸淫妇，真乃各现淫妇人身，为人说法者也。（六一）

其书凡有描写，莫不各尽人情。然则真千百化身现各色人等，为之说法者也。（六二）

其各尽人情，莫不各得天道。即千古算来，天之祸淫福善，颠倒权奸处，确乎如此。读之，似有一人亲曾执笔，在清河县前，西门家里，大大小小，前前后后，碟儿碗儿，一一记之，似真有其事，不敢谓为操笔伸纸做出来的。吾故曰：得天道也。（六三）

《金瓶》，当看其白描处。子弟能看其白描处，必能自做出异样省力巧妙文字来也。（六四）

读《金瓶》，当看其脱卸处。子弟看其脱卸处，必能自出手眼，作过节文字也。（六五）

读《金瓶》，当看其避难处。子弟看其避难就易处，必能放

重笔拿轻笔，异样使乖脱滑也。（六六）

读《金瓶》，当看其手闲事忙处。子弟会得，便许作繁衍文字也。（六七）

读《金瓶》，当看其穿插处。子弟会得，便许他作花团锦簇、五色眯人的文字也。（六八）

读《金瓶》，当看其结穴发脉、关锁照应处。子弟会得，才许他读《左》、《国》、《庄》、《骚》、《史》、子也。（六九）

读《金瓶》，当知其用意处。夫会得其处处所以用意处，方许他读《金瓶梅》，方许他自言读文字也。（七十）

幼时在馆中读文，见窗友为先生夏楚云："我教你字字想来，不曾教你囫囵吞。"予时尚幼，旁听此言，即深自儆省。于念文时，即一字一字作昆腔曲，拖长声，调转数四念之，而心中必将此一字，念到是我用出的一字方罢。犹记念的是"好古敏以求之"一句的文字，如此不三日，先生出会课题，乃"君子矜而不争"，予自觉做时不甚怯力而文成。先生大惊，以为抄写他人，不然何进益之速？予亦不能白。后先生留心验予动静，见予念文，以头伏桌，一手指文，一字一字唱之，乃大喜曰："子不我欺。"且回顾同窗辈曰："尔辈不若也。"今本不通，然思读书之法，断不可成片念过去。岂但读文，即如读《金瓶梅》小说，若连片念去，便味如嚼蜡，止见满篇老婆舌头而已，安能知其为妙文也哉！夫不看其妙文，然则止要看其妙事乎？是可一大揶揄。（七一）

读《金瓶》，必须静坐三月方可。否则眼光模糊，不能激射得到。（七二）

才不高，由于心粗，心粗由于气浮。心粗则气浮，气愈浮则心愈粗。岂但做不出好文，并亦看不出好文。遇此等人，切不可

将《金瓶梅》与他读。(七三)

未读《金瓶梅》，而文字如是，既读《金瓶梅》，而文字犹如是。此人直须焚其笔砚，扶犁耕田为大快活，不必再来弄笔砚，自讨苦吃也。(七四)

做书者是诚才子矣，然到底是菩萨学问，不是圣贤学问，盖其专教人空也。若再进一步，到不空的所在，其书便不是这样做也。(七五)

《金瓶》以空结，看来亦不是空到地的，看他以孝哥结便知。然则所云“幻化”，乃是以孝化百恶耳。(七六)

《金瓶梅》到底有一种愤懑的气象，然则《金瓶梅》断断是龙门再世。(七七)

《金瓶梅》是部改过的书，观其以爱姐结便知。盖欲以三年之艾，治七年之病也。(七八)

《金瓶梅》究竟是大彻悟的人做的，故其中将僧尼之不肖处，一一写出。此方是真正菩萨，真正彻悟。(七九)

《金瓶梅》倘他当日发心不做此一篇市井的文字，他必能另出韵笔。作花娇月媚如《西厢》等文字也。(八十)

《金瓶》必不可使不会做文的人读。夫不会做文字人读，则真有如俗云“读了《金瓶梅》”也。会做文字的人读《金瓶》，纯是读《史记》。(八一)

《金瓶梅》切不可令妇女看见。世有销金账底，浅斟低唱之下，念一回于妻妾听者多多矣。不知男子中尚少知劝戒观感之人，彼女子中能观感者几人哉？少有效法，奈何奈何！至于其文法笔法，又非女子中所能学，亦不必学。即有精通书史者，则当以《左》、《国》、《风雅》、经史与之读也。然则，《金瓶梅》是不可看之书也，我又何以批之以误世哉？不知我正以《金瓶》为不可不看之妙文，特为妇人必不可看之书，恐前人呕心呕血做这妙文——虽本自娱，实亦欲娱千百世之锦绣才子者——乃为俗人所掩，尽付流水，是谓人误《金瓶》。何以谓西门庆误《金瓶》？使看官不作西门的事读，全以我此日文心，逆取他当日的妙笔，则胜如读一部《史记》。乃无如开卷便止知看西门庆如何如何，全不知作者行文的一片苦心，是故谓之西门庆误《金瓶梅》。然则仍依旧看官误看了西门庆的《金瓶梅》，不知为作者的《金瓶》也。常见一人批《金瓶梅》曰："此西门之大账簿。"其两眼无珠，可发一笑。夫伊于甚年月日，见作者雇工于西门庆家写账簿哉？有读至敬济"弄一得双"，乃为西门大愤曰："何其剖其双珠！"不知先生又错看了也。金莲原非西门所固有，而作者特写一春梅，亦非欲为西门庆所能常有之人而写之也。此自是作者妙笔妙撰，以行此妙文，何劳先生为之旁生瞎气哉了故读《金瓶》者多，不善读《金瓶》者亦多。予因不揣，乃急欲批以请教。虽不敢谓能探作者之底里，然正因作者叫屈不歇，故不择狂瞽，代为争之。且欲使有志作文者，同醒一醒长日睡魔，少补文家之法律也。谁曰不宜？（八二）

《金瓶》是两半截书。上半截热，下半截冷；上半热中有冷，下半冷中有热。（八三）

《金瓶梅》因西门庆一分人家，写好几分人家。如武大一家，花子虚一家，乔大户一家，陈洪一家，吴大舅一家，张大户一家，王招宣一家，应伯爵一家，周守备一家，何千户一家，夏提刑一家。他如悴云峰，在东京不算。伙计家以及女眷不往来者不算。凡这几家，大约清河县官员大户，屈指已遍。而因一人写及一县，吁！元恶大憝论此回有几家，全倾其手，深遭荼毒也，可恨，可恨！（八四）

《金瓶梅》写西门庆无一亲人，上无父母，下无子孙，中无兄弟。幸而月娘犹不以继室自居。设也月娘因金莲终不通言对面，吾不知西门庆何乐乎为人也。乃于此不自改过自修，且肆恶无忌，宜乎就死不悔也。(八五)

书内写西门许多亲戚，通是假的。如乔亲家，假亲家也；翟亲家，愈假之亲家也；杨姑娘，谁氏之姑娘？假之姑娘也；应二哥，假兄弟也；谢子纯，假朋友也。至于花大舅、二舅，更属可笑，真假到没文理处也。敬济两番披麻戴孝，假孝子也。至于沈姨夫、韩姨夫，不闻有姨娘来，亦是假姨夫矣。惟吴大舅、二舅，而二舅又如鬼如蜮，吴大舅少可，故后卒得吴大舅略略照应也。彼西门氏并无一人，天之报施亦惨，而文人恶之者亦毒矣。奈何世人于一本九族之亲，乃漠然视之，且恨不排挤而去之，是何肺腑！(八六)

《金瓶》何以必写西门庆孤身一人，无一着己亲哉？盖必如此，方见得其起头热得可笑，后文一冷便冷到彻底，再不能热也。(八七)

作者直欲使此清河县之西门氏冷到彻底，并无一人。虽属寓言，然而其恨此等人，直使之千百年后，永不复望一复燃之灰。吁！文人亦狠矣哉！(八八)

《金瓶》内有一李安，是个孝子。却还有一个王杏庵，是个义士。安童是个义仆，黄通判是个益友，曾御史是忠臣，武二郎是个豪杰悌弟。谁谓一片淫欲世界中，天命民懿为尽灭绝也哉？(八九)

《金瓶》虽有许多好人，却都是男人，并无一个好女人。屈指不二色的，要算月娘一个。然却不知妇道以礼持家，往往惹出事端。至于爱姐，晚节固可佳，乃又守得不正经的节，且早年亦难清白。他如葛翠屏，娘家领去，作者固未定其末路，安能必之也哉？甚矣，妇人阴性，虽岂无贞烈者？然而失守者易，且又在各人家教。观于此，可以禀型于之惧矣，齐家者可不慎哉？（九十）

《金瓶梅》内却有两个真人，一尊活佛，然而总不能救一个妖僧之流毒。妖僧为谁？施春药者也。（九一）

武大毒药，既出之西门庆家；则西门毒药，固有人现身而来。神仙、真人、活佛，亦安能逆天而救之也哉！（九二）

读《金瓶》，不可呆看，一呆看便错了。（九三）

读《金瓶》，必须置唾壶于侧，庶便于击。（九四）

读《金瓶》，必须列宝剑于右，或可划空泄愤。（九五）

读《金瓶》，必须悬明镜于前，庶能圆满照见。（九六）

读《金瓶》，必置大白于左，庶可痛饮，以消此世情之恶。（九七）

读《金瓶》，必置名香于几，庶可遥谢前人，感其作妙文，曲曲折折以娱我。（九八）

读《金瓶》，必须置香茗于案，以奠作者苦心。（九九）

《金瓶》亦并不晓得有甚圆通，我亦正批其不晓有甚圆通处也。（一百）

《金瓶》以“空”字起结，我亦批其以“空”字起结而已，到底不敢以“空”字诬我圣贤也。（百一）

《金瓶》以“空”字起结，我亦批其以“空”字起结而已，到底不敢以“空”字诬我圣贤也。（百二）

《金瓶》处处体贴人情天理，此是其真能悟彻了，此是其不空处也。（百三）

《金瓶梅》是大手笔，却是极细的心思做出来者。（百四）

《金瓶梅》是部惩人的书，故谓之戒律亦可。虽然又云《金瓶梅》是部入世的书，然谓之出世的书亦无不可。（百五）

金、瓶、梅三字连贯者，是作者自喻。此书内虽包藏许多春色，却一朵一朵、一瓣一瓣，费尽春工，当注之金瓶，流香芝室，为千古锦绣才子作案头佳玩，断不可使村夫俗子作枕头物也。噫！夫金瓶梅花，全凭人力以补天王，则又如此书处处以文章夺化工之巧也夫。（百六）

此书为继《杀狗记》而作。看他随处影写兄弟，如何九之弟何十，杨大郎之弟杨二郎，周秀之弟周宣，韩道国之弟韩二捣鬼。惟西门庆、陈敬济无兄弟可想。（百七）

以玉楼弹阮起，爱姐抱阮结，乃是作者满肚皮倡狂之泪没处洒落，故以《金瓶梅》为大哭地也。（百八）

第二章　分回总评

第一回　西门庆热结十弟兄　武二郎冷遇亲哥嫂

【总批】此书单重财色，故卷首一诗，上解悲财，下解悲色。

一部炎凉书，乃开首一诗并无热气。信乎作者注意在下半部，而看官益当知看下半部也。

“二八佳人”，一绝色也。借色说入，则色的利害比财更甚。下文“一朝马死”二句，财也；“三杯茶作合”二句，酒也；“三寸气在”二句，气也。然而酒、气俱串。入财、色内讲，故诗亦串入。小小一诗句，亦章法井井如此，其文章为何如？

开讲处几句话头，乃一百回的主意。一部书总不出此几句，然却是一起四大股，四小结股。临了一结，齐齐整整。一篇文字断落皆详批本文下。

上文一律、一绝、三成语，末复煞四句成语，见得痴人不悟，作孽于酒色财气中，而天自处高听卑，报应不爽也。是作者盖深明天道以立言欤？《金刚经》四句，又一部结果的主意也。

尝看西门死后，其败落气象，恰如的的确确的事。

亦是天道不深不浅，恰恰好好该这样报应的。每疑作者非神非鬼，何以操笔如此？近知作者骗了我也。盖他本是向人情中讨出来的天理，故真是天理。然则不在人情中讨出来的天理，又何以为之天理哉！自家作文，固当平心静气，向人情中讨结煞，则自然成就我的妙文也。

一部一百回，乃于第一回中，如一缕头发，千丝万丝，要在头上一根绳儿扎住；又如一喷壶水，要在一提起来，即一线一线同时喷出来。今看作者，惟西门庆一起来，即一线一线同时喷出来。今看作者，惟西门庆一人是直说，他如出伯爵等九人是带出，月娘三房是直叙，别的如桂姐、玳安、玉箫、子虚、瓶儿、吴道官、天福、应宝、吴银儿、武松、武植、金莲、迎儿、敬济、来兴、来保、王婆诸色人等，一齐皆出，如喷壶倾水。然却是说话做事，一路有意无意，东拉西扯，便皆叙出，并非另起锅灶，重新下米，真正龙门能事。若夫叙一人，而数人于不言中跃跃欲动，则又神工鬼斧，非人力之所能为者矣。何以见之？如教大丫头玉箫拿蒸酥是也。夫丫头，则丫头已耳，何以必言大丫头哉？春梅固原在月娘房中做小丫头也，一言而春梅跃然矣。真正化工文字。

此回内本写金莲，却先写瓶儿。妙绝。

写春梅，用影写法；写瓶儿，用遥写法；写金莲，用实写法。然一部《金瓶》，春梅至“不垂别泪”时，总用影写，金莲总用实写也。

写春梅，何不于首卷内直出其名哉？不知此作者特特为春梅留身分故也。既为丫鬟，不便单单拈出，势必如玉箫借拿东西或传话时出之，如此则春梅扫地矣。然则俟金莲进门，或云用银自外边买来亦可。不知一部大书，全是这三个人，乃第一回时，如何不点出也？看他于此等难处，偏能不费丝毫气力，一笔勾出，且于不用一笔处勾出。不知其文心是天仙，是鬼怪。看者不知，只说是拿东西赏天福，岂不大差！

未出月娘，乃先插大姐，带出敬济，是何等笔力！

出敬济，止云“陈洪子”可耳，乃必云“东京八十万禁军杨提叔督”者，见蔡太师、翟云峰门路，皆从此一线出来。然则又于无笔墨处，将翟云峰、蔡太师等一齐点出矣。后文来保赂相府时，必云“见杨府干办从府内出来”，进见蔡攸必云“同杨干办一齐来”，则此句出蔡京、翟云峰等益信矣。文章能事，至《金瓶梅》，真山阴道上，应接不暇，七通八达，八面玲珑，批之不尽也。

《金瓶》内，每以一笔作千万笔用。如此回玉皇庙，谓是结弟兄；谓是对永福寺，作双峙起结；谓是出武松，谓是出金莲；谓是笼罩“官哥寄名”，“瓶儿荐亡”等事也。总之一笔千万用，如神龙天际、变化不测的文字。

一回“冷”、“热”相对两截文字，然却用一笋即串拢，痕迹俱无。所谓笋者，乃在玉皇庙玄坛座下一个虎，岂不奇绝！

一回两股大文字，“热结”“冷遇”也。然“热结”中七段文字，“冷遇”中两段文字，两两相对，却在参差合笋处作对锁章法。如正讲西门庆处，忽插入伯爵等人，至“满县都惧怕他”下，忽接他排行第一，直与“复姓西门，单名一个庆字”合笋，无一线缝处。正讲武松遇哥哥，忽插入武大别了兄弟如何如何许多话来，下忽云“不想今日撞着自己嫡亲兄弟”，直与“自从兄弟分别之后”合笋，无一缝处。此上下两篇文字对峙处也。

无心撞着，却是嫡亲兄弟；有心结识，反不好叙齿。掩映处最难过，最难堪。

“热结”处，何以有七段文字？自“大宋徽宗”至“无不通晓”是一段；自“结识的”至“都惧怕他”是两段；自“排行第一”至“又去调弄妇人”是三段；自“西门庆在家闲坐”至“只等应二来与他说”是四段；自“正说着”至“伯爵举手和希大一路去了“是五段；自“十月初一”至“过了初二”是六段；自“次日初三”至“和子虚一同来家”是七段。此是“热结”的文字已毕，下文则“冷遇”的文字了。切勿认应伯爵来邀看虎，犹是西门庆边的文字。

“冷遇”两段，则一段是武大的文字，一段是金莲的文字。伯爵两人，看去固是引子，即武松打虎见官诸事，亦是信药也。

看他写“热结”处，却用渐渐逼出。如与月娘闲话，是一顿；伯爵、希大来相约而去，是一顿；初一日收分资，是一顿；初二日知会道士，是一顿，初三日吃早饭，又是一顿；至庙中调笑，又是一顿。才说吴道士请烧纸，而伯爵谦让，又作数层刷洗方入本题。若“冷遇”，却是一撞撞着，乃是嫡亲兄弟。便见得一假一真，有安排不待安排处。

描写伯爵处，纯是白描，追魂摄影之笔。如向希大说“何如？我说……”，又如“伸着舌头道:爷……”。俨然纸上活跳出来，如闻其声，如见其形。

《水浒》上打虎，是写武松如何踢打，虎如何剪扑；《金瓶梅》却用伯爵口中几个“怎的”“怎的”，一个“就像是”，一个“又像”，便使《水浒》中费如许力量方写出来者，他却一毫不费力便了也。是何等灵滑手腕！况打虎时是何等时候，乃一拳一脚，都能记算清白，即使武松自己，恐用力后，亦不能向人如何细说也。岂如在伯爵口中描出为妙。

篇内出月娘，乃云“夫主面上百依百顺”。看者止知说月娘贤德，为后文能容众妾地步也；不知作者更有深意。月娘，可以向上之人也。夫可以向上之人，使随一读书守礼之夫主，则刑于之化，月娘便自能化俗为雅，谨守闺范，防微杜渐，举案齐眉，便成全人矣。乃无知月娘止知依顺为道，而西门之使其依顺者，皆非其道。月娘终日闻夫之言，是热利市井之言，见夫之行，是奸险苟且之行，不知规谏，而乃一味依顺之，故虽有好资质，未免习俗渐染。后文引敬济入室，放来旺进门，皆其不闻妇道，以致不能防闲也。送人直出大门，妖尼昼夜宣卷，又其不闻妇道，以致无所法守也。然则开卷写月娘之百依百顺，又是写西门庆先坑了月娘也。泛泛读之，何以知作者苦心？

作者做月娘，既另出笔墨，使真欲做出一个贤女妇人，后文就不该大书特书引敬济入室等罪；既欲隐隐做他个不好的人，又不该处处形其老实。然则写月娘，信如上所云“一个可以学好向上的人”，西门庆不能刑于，遂致不知大礼，如俗所云“好人到他家，也不好了”也。故“百依百顺”，是罪西门，非赞月娘。

写月娘，何以必云是继室哉？见得西门庆孤身独自，即月娘妻子尚是个继室，非结发者也。故其一生动作，皆是假景中提傀儡。

写月娘恶处，又全在继室也。从来继室多是好好先生。何则？因彼已有妻过，一旦死别，乃续一个入来，则不但她自己心上怕丈夫疑她是填房，或有儿女怕丈夫疑她偏心，当家怕丈夫疑她不如先头的，即那丈夫心中，亦未尝不有此几着疑忌在心中。故做继室者，欲管不好，不管不好，往往多休戚不关，以好好先生为贤也。今月娘虽说没甚奸险，然其举动处，大半不离继室常套。故“百依百顺”，在结发则可，在继室又当别论，不是说依顺便是贤也。是四字，又月娘定案，又继室定案。

写西门对子虚，却句句是瓶儿；写子虚来入会，却又处处是瓶儿。西门心照那边，瓶儿心照这边，已将两人十分异样亲密处，写得花团锦簇，好看杀人。真有笔不到而意到之妙。

凡人用笔曲处，一曲两曲足矣，乃未有如《金瓶》之曲也。何则？如本意欲出金莲，却不肯如寻常小说云“按下此处不言，再表一个人，姓甚名谁”的恶套。乃何如下笔？因思从兄弟“冷遇”处带出金莲；然则如何出此两兄弟？则用先出武二；如何出武二？则用打虎；如何出打虎？是依旧要先出武二矣。不则依旧要按下此处，再讲清河县出示拿虎矣。夫费如许曲折，乃依旧要按下另讲，文章之夯，亦夯不至此。不知作者乃眼觑一处矣。何则？玉皇庙固黄河发源之所，瓶儿既于此处出，金莲能不于此处出哉！故一眼觑见玉皇庙四大元帅，作者不觉搁笔拍案大笑也。然而其下笔时，偏不即写玄坛，乃先写老子青牛，又写二重殿，又写侧门，又写正面三间厂厅，又写昊天上帝，又写紫府星官，方出四大元帅。文至此，所谓曲折亦曲折尽矣。看他偏不即写玄坛，乃又写先写马元帅，带出帮闲讨好，使本文“热结”中意思柳遮花映，八面玲珑。至此该写赵元帅矣，偏又不肯写下，又放过赵元帅，再写温元帅，又照入帮闲身分，放倒自己，奉承他人。使“热结”本文不脱生，十分美满后才又插转玄坛，玄坛身边，方出画虎。曲折至此，该用吴道官说出真虎矣，乃偏又漾开，偏又照管众帮闲，点染“热结”本文，方用吴道官一点真虎。夫所谓打虎之人，尚杳然不知音信。止因一个画虎，便如此曲折，真不怕呕血，不怕鬼哭。文至此，可云至矣。看他偏有力量，偏又照入打虎情景；在白赉光口中，偏又令伯爵又插一笑谈，花遮柳映，又照入“热结”本文来。夫写一面照一面，犹全人所能，乃于写这一面时，却是写那一面；写那一面时，却原是写这一面。七穿八达，出神入化，所不怕呕血，不怕鬼哭，是真不怕呕血鬼哭者矣。盖人一手写一处不能，他却一手写三四处也。玉皇庙是一处，十弟兄是一处，道士是一处，画虎是一处，真虎是一处，打虎人又遥在一处，跃然欲动，而沧州郡且明明说出也。后生家看此等文字，而不心灰气绝，回家焚烧笔砚，再不敢做文者，是必目不一丁，卖菜佣不如之人也。

夫不有子虚，则瓶儿归西门是无孽这人矣，故必有子虚；然子虚不虽有如无，则瓶儿又何以归西门？是故子虚是个影子中人。今于影子中人上场，不加一番描写渲染，则何以见其为影子中人哉？故日于排次第时见之矣。何则？若论势字当从财生，西门庆家不是世代阀阅，止因有几贯钱，方能使势也。夫既以钱为主，子虚之钱较西门为加倍，如此应该子虚为大。乃不但不能僭西门之左，且不能居应谢二人之上；而应谢二人，明明知其财主，亦绝不相让，则子虚为虽有如无之人不言已喻。而财必至为他人之财，妻必至为他人之妻，此时已定局矣。故无论他盈千累万的家财，必先看他有好儿子没有，才定得是他的不是他的。文字妙处，全要在不言处见。试问看官：有几个看没字处的人否？

一回内句句“三娘”，而玉楼亦跃跃纸上，此所开缺候官之法也。

写虎一段，自入三间厂厅内，一引入，一漾开，凡三四折，方入吴道官。文字又如穿花蝴蝶，一远一近，煞是好看杀人。

“热结”文字，却以花二娘起，花二娘结，而月娘作引，卓二姐作余波。人只谓下文是瓶儿先讲起，不知一渡即是金渡文字。作者之笔其如龙乎！看他每不肯为人先算着。

西门庆“沉吟一会”，乃说出花子虚来。试想其沉吟是何意思？直与九回中武二沉吟一会相照。西门一沉吟，子虚死矣。武二一沉吟，李外传、王婆、金莲俱死矣，而西门庆亦死矣。然武二沉吟是杀人，西门沉吟是自杀。

写金莲，云“不知这归人是个使女出身”，后文瓶儿出身，又是“梁中书侍妾”，春梅不必说矣。然则三人大抵皆同。作者盖深恶此等人，亦见婢妾中邪淫者多也。

冷遇哥嫂文中，乃一云“嫡亲兄弟”，再云“是我一母同胞兄弟”，再云“亲兄弟难比别人”。句句是武二文字，却句句是敲击十兄弟文字也。

篇内金莲凡十二声“叔叔”，于十一声下，作者却自入一句，将上文个一声“叔叔”一总，下又拖一句“叔叔”，便见金莲心头眼底口中，一时便有无数“叔叔”也。益悟文章生动处，不在用笔写到之处。

开卷一部大书，乃用一律、一绝、三成语、一谚语尽之，而又入四句偈作证，则可云《金瓶梅》已告完矣。

《水浒》本意在武松，故写金莲是宾，写武松是主。

《金瓶梅》本写金莲，故写金莲是主，写武松是宾。文章有宾主之法，故立言体自不同，切莫一例看去。所以打虎一节，亦只得在伯爵口中说出。

“里仁为美”，况近邻哉！今子虚不善择邻，而与西门为邻，卒受其祸；武大与王婆为邻，亦卒受其祸；殆后瓶儿与金莲邻墙，又卒受其祸。甚矣，卜邻当慎也！

第二回　俏潘娘帘下勾情　老王婆茶坊说技

【总批】此回前一段，是金莲文字。知县差出以后一段，是武大、武二文字。挑帘以后，是西门庆与王婆文字。然则金莲文字中，又有武二文字也。

金莲、武二文字中，妙在亲密，亲密得没理杀人。武二、武大文字中，妙在凄惨，凄惨得伤心杀人。王婆、西门庆文字中，妙在扯淡，扯淡得好看杀人。此等文字，亦难将其妙处在口中说出。但愿看官看金莲、武二的文字时，将身即做金莲，想至等武二来，如何用言语去勾引他，方得上道儿也。思之不得，用笔描之亦不得，然后看《金瓶梅》如何写金莲处，方知作者无一语不神妙难言。至看武大、武二文字，与王婆、西门庆文字，皆当作如是观。然后作者之心血乃出，然后乃不负作者的心血。

金莲调武二处，乃一味热急。虽写其几番闲话，又几番夹入吃酒，然而总是一味急躁，不能宁耐处。

西门对王婆处，却一味涎脸。然却见面即问谁家雌儿，次日见面即云要买炊饼，又口中一刻不放松也。王婆勾西门处，却一味闲扯，然却步步引入来，是马泊六引诱人入局处。

《水浒》中，此回文字，处处描金莲，却处处是武二，意在武二故也。《金瓶》内此回文字，处处写武二，却处处写金莲，意在金莲故也。文字用意之妙，自可想见。

写武二、武大分手，只平平数语，何以便使我再不敢读，再忍不住哭也？文字至此，真化工矣！

篇内写叉帘，凡先用十几个“帘”字一路引来，而第一个“帘”字，乃在武松口中说出。夫先写帘子引入，已奇绝矣，乃偏于武松口中逗出第一个“帘”字，真奇横杀人矣！

上回内云金莲穿一件“扣身衫儿”，将金莲性情形影魂魄，一齐描出。此回内云“毛青布大袖衫儿”，描写武大的老婆，又活跳出来。

看其写帘下勾情处，正是金莲、西门四目相射处。乃忽入王婆，且即从王婆眼中照入唱喏。文情固尔紧凑得妙，而情景亦且旁击的活动也。

帘下勾情，必大书金莲，总见金莲之恶不可胜言。犹云你若无心，虽百西门奈之何哉？凡坏事者，大抵皆是女人心邪。强而成和，吾不信也。

题云“俏潘娘帘下勾情”，则勾情乃本文正文也，乃入手先写武二。夫勾引武二，亦勾情也。然必勾西门，方是帘下勾情。夫未勾西门，先勾武二。有心勾者，反不受勾；无心勾者，反一个眼色即成五百年风流孽冤。天下事固有如此！而金莲安心勾情，故此不着而彼着也。故勾武二，又帘下勾情一影。

王婆本意招揽西门，以作合山自任，而不肯轻轻说出。西门本意兜揽王婆，以作合山望之，而又不便直直说出。两人是一样心事，一样说不出，一样放不下，一样技痒难熬，故断断续续有这许多白话也。

试想捉笔时，写帘下一遇，既接入王婆，则即当写西门到茶房中，许以金帛，便央王婆作合，王婆即为承认画计。文章中固无此草率文字。即西门入王婆茶房内，开口便讲，其索然无味为何如也！则说技之妙文，固文字顿挫处，实亦两人一时不得不然之情理也。

篇内知县，本为欲写武二出门，故写一知县，却又因知县要寄礼物，乃又写一朱勔。文字有十成补足法，此十成补足之法也。不知又为后文卫千户本宫伏脉。

作者每于伏一线时，每恐为人看出，必用一笔遮盖之。一部《金瓶》，皆是如此。如这回内，写妇人和他闹了几场，落后惯了，自此妇人约莫武大归来时分，先自去收帘子，关上大门。此为后落帘打西门之由，所谓针线也。又云“武大心里自也暗喜，寻思道：‘恁的却不好。”是其用遮盖笔墨之笔，恐人看出也。于此等处，须要看他学他。故做文如盖造房屋，要使梁柱笋眼，都合得无一缝可见；而读人的文字，却要如拆房屋，使某梁某柱的笋，皆一一散开在我眼中也。

此后数回，大约同《水浒》文字，作者不嫌其同者，要见欲做此人，必须如此方妥方妙，少变更即不是矣。作者止欲要叙金莲入西门庆家，何妨随手只如此写去。又见文字是件公事，不因那一人做出此情理，便不许此一人又做出此情理也。故我批时，亦只照本文的神理、段落、章法，随我的眼力批去，即有亦与批《水浒》者之批相同者，亦不敢避。盖作者既不避嫌，予何得强扭作者之文，予自批《金瓶》之文。谓两同心可，谓各有见亦可；谓我同他可，谓他同我亦可；谓其批为本不可易可，谓其原文本不可异批亦无不可。

看西门庆问“茶钱多少”，问“你儿子王潮跟谁出去”，又云“与我做个媒也好”，又云“回头人儿也好”，又云“干娘吃了茶”，又云“间壁卖的甚么”，又云“他家做的好炊饼，我要问他买四五十个拿家去”，都是口里说的是这边，心里说的是那边，心里要说说不出，口里不说忍不住。有心事有求于人，对着这人，便不觉丑态毕露，底里皆见。而王婆子则一味呆里撒奸，收来放去，又自报脚色，又佯推不睬，煞是好看杀人。至一块银子到手，王婆便先说你有心事，而西门心事，一竟敢于吐露，王婆且先为一口道出。写得“色”字固是怕人，写得“财”字更是利害，真追魂取影之笔也。读《金瓶》后，而尚复敢云“自能作小说”，与读《金瓶》后，而尚不能自作小说，皆未尝读《金瓶梅》者也。

头一日，点梅汤，点和合汤。第二日，偏不即出问茶，偏等他自己要茶，偏又浓浓点两盏茶。琐琐处，皆是异样纹锦，千万休匆匆看过。

王婆自叙杂趁处，皆小户人家此等妇人三四十岁后必然之事。甚矣，六婆之不可令其入内也！

书内写媒婆，马泊六，非一人，独于王婆写得如鬼如蜮，利害怕人。我每不耐看他写王婆处也。

写王婆的说话，却句句是老虔婆声口，作老头子不得，作小媳妇亦不得，故妙。

第三回 定挨光王婆受贿 设圈套浪子私挑

【总批】上一回结因，下一回成果，此回乃将因做果之时之事也。然而却是两段文字：一段定挨光，一段做挨光。写十分光，却先写五件事，后又写一件事，才写十分光。而写十分光内，却又写九个“此事便休了”，分明板板写出，却又生活不凡。且见后文，金莲如于三分、四分光时便走，五七分时便走，王婆所云“我不能拉住他”。总之到九分光时，如若不肯，王婆亦止云“来搭救”，西门“此事便休”，“再也难成”。然则挨光虽王婆定下，而光之能成，到底是金莲自定也。写妇人之淫若此。

后半写挨光，便是前面所定之挨光也。看他偏是照前说出者一样说去，偏令看者不觉一毫重复，止见异样生动，自是化工手笔。

看他于五分光成时，止用“王婆将一手往脸一摸”，便使上下十分光皆出，真是异样妙笔。

《金瓶梅》纯是异样穿插的文字，唯此数回乃最清晰者。盖单讲金莲偷期，亦是正文中之必不可苟者，而于闲扯白话时，乃借月娘、娇儿等拢入金莲。一边敲击正文，全不费呆重之笔；一边却又照管家里众人，不致冷落，直一笔作三四笔用也。

文内写西门庆来，必拿洒金川扇儿。前回云“手里拿着洒金川扇儿”，第一回云“卜志道送我一把真川金扇儿”，直至第八回内，又云“妇人见他手中拿着一把红骨细洒金金钉铰川扇儿”。吾不知其用笔之妙，何以草蛇灰线之如此也。何则？金、瓶、梅盖作者写西门庆精神注泻之人也。乃第一回时，春梅已于“大丫头”三字影出。至瓶儿，则不啻心头口头频频相照。而金莲，虽曾自打虎过下，却并未与西门一照于未挑帘之前，则一面写武二自打虎做都头文后，为单出笔写金莲这边，而西门为此书正经香火，今为写金莲这边，遂致一向冷落，绝不照顾。在他书则可，在《金瓶梅》岂肯留此绽漏者哉！况且单写金莲于挑帘时出一西门，亦如忽然来到已前不闻名姓之西门，则真与《水浒》之文何异？而叙得武大、武二相会，即忙叙金莲，叙勾挑小叔，又即忙叙武大兄弟分手，又即忙叙帘子等事，作者心头固有一西门庆在内，不曾忘记。而读者眼底不几半日冷落西门氏耶？朦胧双眼，疑帘外现身之西门，无异《水浒》中临时方出之西门也。今看他偏有三十分巧，三十分滑，三十分轻快，三十分讨便宜处，写一金扇出来，且即于叙卜志道时，写一金扇出来。夫虽于迎打虎那日，大酒楼上放下西门、伯爵、希大三人，止因有此金扇作幌伏线，而便不嫌半日查洋洋写武大、写武二、写金莲如许文字。后于挑帘时一出西门，止用将金扇一晃，即作者不言，而本文亦不与《水浒》更改一事，乃看官眼底自知为《金瓶》内之西门，不是《水浒》之西门。且将半日叙金莲之笔，武大、武二之笔，皆放入客位内，依旧现出西门庆是正经香火，不是《水浒》中为武松写出金莲，为金莲写出西门。却明明是为西门方写金莲，为金莲方写武松。一如讲西门庆连日不自在，因卓二姐死，而今日帘下撞着的妇人，其姓名来历乃如此如此。说话者恐临时事冗难叙，乃为之预先倒算出来，使读者心亮，不致说话者临时费唇舌。是写一小小金扇物事，便使千言万语一篇上下两半回文字，既明明写出，皆化为乌有，而半日不置一语、不题一事之西门庆，乃复活跳了来。且不但此时活跳出来，适才不置一语、不题一事之时，无非是西门氏账簿上开原委，罪案上写情由，与武大、武二绝不相干。试想作者，亦安有闲工夫与不相干之人写家常哉！此是作者异样心情写出来。而写完放笔，仰天问世，不觉失声大哭曰："我此等心力，上问千古，下问百世，亦安敢望有一人知我心者哉！"故金扇儿必是卜志道送来，而挑帘时金扇一照，成衣时金扇又一照，跃跃动人心目。作者又恐真个被人知道，乃又插入第八回内，使金莲扯之。一者收拾金扇了当，二者将看官瞒过，俱令在卜志道家合伙算账。今却被我一眼觑见，九原之下，作者必大哭大笑。今夜五更，灯花影里，我亦眼泪盈把，笑声惊动妻孥儿子辈梦魂也。

然而作者于第二回内，不写妇人勾挑武二哥，岂不省手？不知作者盖言金莲结果时，如何一呆至此，还平心稳意要嫁武二哥哉。故先于此回内，特特描写一番，遂令后九十回文中，金莲不自揣度，肯嫁武二，一团痴念，紧相照应。人虽鹘突，文却不可鹘突也。然则西门庆被色迷，潘金莲亦被色迷，可惧，可思。

第四回 赴巫山潘氏幽欢 闹茶坊郓哥义愤

【总批】此回却是两个半截文字：前半篇是挨光的下半截，后半篇是捉奸的上半截。

看他入手几语，用王婆口中，将娘子、大官人没原没故扭拢一块，便把门拽上，此是九分光，却是下半截文字已完。下文另用通身气力，写娘子、大官人也。

写二人勾情处，须将后文陈敬济几回勾挑处合看，方知此回文字之妙，方知后几回文字之妙，绝不雷同也。

开手将两人眼睛双起花样一描，最是难堪，却最是入情。后却使妇人五低头，七笑，两斜瞅，便使八十老人，亦不能宁耐也。

五低头内，妙在一“别转头”。七笑内，妙在一“带笑”、一“笑着”、一“微笑”、“一面笑着……低声”、一“低声笑”、一

“笑着不理他”、一“踢着笑”、一“笑将起来”，遂使纸上活现。试与其上下文细细连读之方知。

“带笑”者，脸上热极也。“笑着”者，心内百不是也，“脸红了微笑”者，带三分惭愧也。“一面笑着低声”者，更忍不得痒极了也。“一低声笑”者，心头小鹿跳也。“笑着不理他”者，火已打眼内出也。“踢着笑”者，半日两腿夹紧，至此略松一松也。“笑将起来”者，则到此真个忍不得也。何物文心，作怪至此！

又有两“斜瞅”内，妙在要使斜瞅他一眼儿，是不知千瞅万瞅也。写淫妇至此，尽矣，化矣。再有笔墨能另写一样出来，吾不信也。然他偏又能写后之无数淫女王人，无数眉眼伎俩，则作者不知是天仙是鬼怪！

又咬得衫袖“格格驳驳的响”，读者果平心静气时，看到此处，不废书而起，不圣贤即木石。

前文写两人淫欲已绝，后文偏又能接手写第二日一段。总之才高一石不能测也。

写二人妙矣，必彰明校著写两人之物。一部内用西门之物者不少，用金莲之物者亦不少也。用西门之物，非一人，用金莲之物，亦非一人。故必先写二物，门面身分，一一抬出也。

后文郓哥一段，止是过文。看他亦一字不苟，写篮，写梨，写篮落梨滚，郓哥一面骂，一面哭，一面走，一面拾梨，一面提篮，又一面指着四转骂，然回转身来骂，却又是一面走也。文心活泼周到，无一点空处。吾不知作者于做完此一百回时，心血更有多少。我却批完此一回时，心血已枯了二半也。

第五回　捉奸情郓哥定计　饮鸩药武大遭殃

【总批】 此回文字，妙在上半捉奸，句句是武大，却句句是郓哥；下半用药，句句是金莲，却句句是王婆。

此回文字幽惨恶毒，直是一派地狱文字。夜深风雨，鬼火青荧，对之心绝欲死。我不忍批，不耐批，亦且不能批，却不知作者当日何以能细细地做出也。

教我明日拿笔做这样一篇文字，其实不敢。盖想不得，非做不得也。

拿砒霜来，是西门罪案。后文用药，是金莲罪案。前用刁唆，结末收拾，总云是王婆罪案。

上文勾情处，要与“花园调婿”一回对读，见文不犯手。此文要与“贪欲丧命”一回对读，见报总一般。

看此回而不作削发想者，非人心。则此回又代普净师现身说法也。

第六回　何九受贿瞒天　王婆帮闲遇雨

【总批】 此回是何九周旋武大了当的文字。自那日却和西门庆做一处，是写西门庆、金莲开手一番罪案已完，则《金瓶梅》一“金”字的出身来历已完。不特西门庆又要暂丢开，去娶孟玉楼，即作者亦要暂放此处，更为瓶、梅作传。今看他下半回，依旧还是金莲、王婆文字。不知作者自是借锅下米，做玉楼，做薛嫂，做春梅，人自不知也。

何处做玉楼？观金瓶骂“负心的贼，如何撇闪了奴，又往那家另续上心甜的了。”此是玉楼的过文，人自不知也。不然，谓是写金莲，然则此言却是写金莲什么事也？要知作者自是以行文为乐，非是雇与西门庆家写账簿也。

何处写薛嫂？其写王婆遇雨处是也。见得此辈止知爱钱，全不怕天雷，不怕鬼捉，昧着良心在外胡做，风雨晦明都不阻他的恶行。益知媒人之恶，没一个肯在家安坐不害人者也。则下文薛嫂，已留一影子在王婆身上。不然王婆必写其遇雨，又是写王婆子甚么事也。

何处写春梅？看其写金莲唱曲内，必一云“唤梅香”，再云“梅香”是也。不然金莲与西门，正是眼钉初去，满心狂喜之时，何不得于心？乃唱一惨淡之曲，而金莲自身沾宠之不暇，乃频唤梅香？且不说丫鬟而必用梅香，总之金、梅二人原是同功一体之人，天生成表里为恶，一时半霎都分不开者。故武大才死，金、梅早合，而烧夜香，直与楼上烧香“弄一得双”遥遥相照。谁谓《金瓶梅》有一闲笔浪墨，而凡小唱笑话为漫然无谓也哉？

文有写他处却照此处者，为顾盼照应伏线法。文有写此处却是写下文者，为脱卸影喻引入法。此回乃脱卸影喻引入法也。试思十日二十日，方知吾不尔欺。

写王婆遇雨，又有意在，盖为玉楼而写也。何则？武二哥来迟而金莲嫁，亦惟武二哥来迟，而未娶金莲先娶玉楼之时日，亦宽绰有余。不然娶金莲且不暇，况玉楼哉！夫武二之迟，何故而违“多则两三月，少则一月”之语哉？则用写王婆遇雨，照入武二“路上雨水连绵，误了日期”一语。不然夫帮闲必以遇雨为趣，则应伯爵当写其日日打伞也。文字用笔之妙，全不使人知道。

写何九受贿金，为西门拿身分，不似《水浒》之精细防患。盖《水浒》之为传甚短，而用何九证见以杀西门。今此书乃尚有后文许多事实也，且为何十留地故耳。

第七回　薛媒婆说娶孟三儿　杨姑娘气骂张四舅

【总批】 上文自看打虎至六回终，皆是为一金莲，不惜费笔费墨写此数回大书，作者至此当亦少歇。乃于前文王婆遇雨半回，层层脱卸下来，至此又重新用通身气力通身智慧，又写此一篇花团锦簇之文，特特与第一回作对，其力量亦相等。人谓其精神不懈，何其不歇一歇？不知他于土文“遇雨”文内，即已一路歇来，至此乃歇后复振之文，读者要便被他瞒过去也。知此回文字精警，则益信前“遇雨”文字为层层脱卸此回文字也。

夫以《金瓶梅》为名，是金莲、瓶儿、春梅，为作者特特用意欲写之人。乃前文开讲，使出瓶儿，恰似等不得写金莲，便要写瓶儿者。乃今既写金莲，偏不写瓶儿，偏又写一玉楼。夫必写一玉楼，且毋论其文章穿插，欲急故缓，不肯使人便见瓶儿之妙。第问其必写玉楼一人何故？作者命名之意，非深思不能得也。王楼之名，非小名，非别号，又非在杨家时即有此号，乃进西门庆家，排行第三，号曰玉楼，是西门庆号之也。号之云者，作妾之别说也。印此“玉楼”二字，已使孟三姐眼泪洗面，欲生欲死也。乃“玉楼”二字，固是作者为主起也，非真个有一西门庆为之起此名也。作者意固奈何？有云：“玉楼人醉杏花天。”然则玉楼者，又杏花之别说也。必杏花又奈何？言其日边仙种，本该倚云栽之，忽因雪早，几致零落。见其一种春风，别具嫣然。不似莲出污泥，瓶梅为无根之奔也。观其命名，则作者待玉楼，自是特特用异样笔墨，写一绝世美人，高众妾一等。见得如此等美人，亦遭荼毒。然既已荼毒之，却又常屈之于冷淡之地，使之含酸抱屈。本不肯学好，又不能知趣，而世之如玉楼者正复不少，则作者殆亦少寓意于玉楼乎？况夫金瓶梅花，已占早春，而玉楼春杏，必不与之争一日之先。然至其时日，亦各自有一番烂熳，到那结果时，梅酸杏甜，则一命名之间，而后文结果皆见。要知玉楼在西门庆家，则亦虽有如无之人，而西门庆必欲有之者，本意利其财而已。观杨姑娘一争，张四舅一闹，则总是为玉楼有钱作衬。而玉楼有钱，见西门庆既贪不义之色，且贪无耻之财，总之良心丧绝，为作者骂尽世人地也。夫本意为西门贪财处，写出一玉楼来，则本意原不为色。故虽有美如此，而亦淡然置之。见得财的利害，比色更利害些，是此书本意也。

写玉楼必会月琴者，是一眼早觑定金、瓶、梅与玉楼数人，同归一穴之后，当如何如何令其相与一番，为吴神仙一结地步也。则一月琴，又是作者弄神弄鬼之处也。

金莲琵琶，为妒宠作线，玉楼月琴，为悲翠轩作地，将翠轩必用月琴者，见得西门对面非知音之人。一面写金、瓶、梅三人热处，一面使玉楼冷处不言已见。是作者特借一月琴，悲翠轩、葡萄架的文字，皆借入王楼传中也。文字神妙处，谁谓是粗心人可解。

若云杏花喻玉楼是我强扭出来的，请问何以必用薛嫂说来？本在杨家，后嫁李家，而李衙内必令陶妈妈来说亲事也。试细思之，知予言非谬。

然则后春而开者，何以必用杏也哉？杏者，幸也。幸其不终沦没于西门氏之手也。

然则《金瓶梅》何言之？予又因玉楼而知其名《金瓶梅》者矣。盖言虽是一枝梅花，春光烂熳，却是金瓶内养之者。夫即根依土石，枝撼烟云，其开花时，亦为日有限，转眼有黄鹤玉笛之悲。奈之何折下残枝，能有多少生意，而金瓶中之水，能支几刻残春哉？明喻西门庆之炎热危如朝露，飘忽如残花，转眼韶华顿成幻景。总是为一百回内、第一回中色空财空下一顶门针。而或谓如《梼杌》之意，是皆欲强作者为西门开账簿之人，乌知所谓《金瓶梅》者哉。

于春光在金瓶梅花时，却有一待时之杏，甘心忍耐于不言之天。是固知时知命知天之人，一任炎凉世态，均不能动之。则又作者自己身分地步，色色古绝，而又教世人处此炎凉之法也。有此一番见解，方做得此书出来，方有玉楼一个人出来。谁谓有粗心之人，止看得西门庆又添一妾之冤于千古哉！

读至此，然后又知先有卓丢儿，所以必姓卓也。何则？夫丢儿固云为孟三姐出缺，奈何必姓卓哉？又是作者明明指人以处炎凉不动之本也。盖云要处炎凉，必须听天由命，守运待时。而听天由命，守运待时，岂易言者哉？又必卓然不动，持守坚牢，一任金瓶梅花笑我，我只是不为所动，故又要向卓字儿上先安脚跟牢定，死下工夫也。故三娘之位，必须卓姓，先死守之，以待玉楼也。

玉楼必自小行三，而又为三娘者，见得杏花必待三月也。

作者写玉楼，是具立身处世学问，方写得出来。而写一玉楼，又是教人处世入世之法。固知水月即空，犹是末着，见不能如此，或者空去，故后写月娘好佛，孝哥幻化等因，犹是为不能如玉楼之人，再下一转语，另开一法门也。

瓶儿于竹山进谗时，一说即信，坏在容易信。玉楼于张四进谗时，屡说不信，坏在不肯轻信。此何故也？瓶儿悔墙头之物轻轻失去，心本悔矣，故一说即入。玉楼为薛嫂填房之说着迷，心已迷矣，故屡说不改。各人有各人的心事，用笔深浅皆到。

其前文批玉楼时，亦常再四深思作者之意，而不能见及此，到底隔膜一层。今探得此意，遂使一部中有名之人，其名姓，皆是作者眼前用意，明白晓畅，彼此贯通，不烦思索，而劝惩皆出也。

如月娘以月名者，见得有圆有缺，喻后文之守寡也；有明有晦，喻有好处，有不好处，有贤时有妒时也。以李娇儿名者，见得桃李春风墙外枝也。以雪娥为言者，见得与诸花不投，而又独与梅花作祟，故与春梅不合，而受辱守备府，是又作者深恨岁寒之凌冽，特特要使梅花翻案也；夫必使梅花翻雪案，是又一部《离骚》无处发泄，所以著书立说之深意也。至瓶儿，则为承注梅花之器，而又为金之所必争，莲之所必争者也。何则？瓶为金瓶，未为瓶之金，必妒其成器；瓶即不为金瓶，或铜或玉，或窑器，则金又愤已不得为金瓶以盛之，而使其以瓶儿之样以胜我也，是又妒其胜已。而时值三伏，则瓶为莲用，故悲翠轩可续以葡萄架；而三冬水冻，瓶不为莲用，故琵琶必弹于雪夜，而象棋必下于元宵前后也。此盖因要写一金莲妒死之人，故名瓶儿，见其本为一气相通，同类共事之人，而又不相投者也。至于春梅，则又作者最幸有此，又最不堪此，故以两种心事，定此一人也。何则？夫梅花可称，全在雪里，寒岁腊底，是其一种雅操，本自傲骨流出，宜乎为高人节妇忠臣美人。今加一"春"字，便见得烂熳不堪，即有色香当时，亦世俗所争赏，而一段春消息，早已漏泄东风，为幽人岁寒友所不肯一置目于其间者也。至于彤云冻雪，为人所最不能耐之时，倘一旦有一树春梅，开于旭日和风之际，遂使从前寂寞顿解。此必写春梅至淫死者，为厌说韶华；而必使雪娥受辱者，为不耐穷愁，故必双写至此也。

夫一部《金瓶梅》，总是"冷热"二字，而厌说韶华，无奈穷愁，又作者与今古有心人，同困此冷热中之苦。今皆于一春梅发泄之，宜乎其下半部单写春梅也。至于惠莲原名金莲，王六儿又重潘六儿，又是作者特特写出。此固一金莲，彼又一金莲，寻来者一金莲，寻去者又一金莲，眼前淫妇人，比比皆同，不特一潘氏为可杀也。况乎有潘金莲，而宋金莲不得仍名金莲，且不得再说金莲，更不得再穿金莲；即欲令其拾金莲之旧金莲，以为金莲，亦必不肯依；至后且不容世有一宋金莲，改名之宋惠莲；且死后，并不容其山洞中有一物在人亡之遗下一只金莲，则金莲之妒之恶、之可杀可割，想虽有百金莲，总未如潘金莲之妒之恶、之可杀可割也。至于王六儿之品箫，更胜金莲之品玉；而金莲之一次讨纱裙，又不如王六儿之夜夜后庭花。是虽有百金莲，不如一金莲之潘六儿，又有一后来居上之王六儿夺其宠，争其能，睥睨其后，则一六儿又难敌无穷无尽胜六儿之六儿。然淫妇之恶，莫过于潘金莲，故特特著之于《金瓶梅》，使知潘金莲者可杀可割，而淫妇之恶，更有胜于潘六儿者。故又特特著此《金瓶梅》，使知凡为淫妇之恶，更杀不足、割不尽也。所以两金莲遇，而一金莲死，两淫不并立；两六儿合而迷六儿者死，两阴不能当，两斧效立见也。作者所以使惠莲必原名金莲，而六儿后又有一六儿也。至于陈敬济，亦有深意。见得他一味小殷勤，遂使西门、月娘被他瞒过，而金莲、春梅终着了他的道儿也。故谓之敬济。而又见陈洪当倾家败产之时，其子敬有人心，自当敬以济此艰难，不敢一日安枕下食，乃敬济如此，西门有保全扶养之恩，而其婿苟有人心，自当敬以济此恩遇，不可一事欺，心负行，而敬济又如彼。至若其父为小人，敬济当敬以干蛊，济此天伦之丑；其岳为恶人，敬济又当敬以申谏，以尽我亲亲之谊，乃敬济又如此如此，如彼如彼。呜呼，所谓敬济者，安在哉？至其后做花子，做道士一败涂地，终于不敬，其何以济？宜其死而后已也。则又作者特地为后生作针砭也。

至于秋菊，与梅、莲作仇，而玉箫与月娘作婢，又以类相反而相从也。李桂姐为不祥之物，杂本之人，盖桂生李上，岂非不祥杂本？而吴银儿，言非他的人儿，皆我的银儿也。若夫爱月，则西门临死相识之人，去其死时，为日不久，大约一年有余，言论月论日的日子，死到头上，犹自斫丧也，犹奸淫他人也。银瓶有落井之谶，故解衣银姐，瓶将沉矣。月桂生炎凉代嬗之时，故趋炎认女，必于月娘，而即于最炎时露一线秋风。若夫桂出则莲凋，故金莲受辱，即在梳栊桂儿之后。而众卉成林，春光自尽，故林太大出，而西门氏之势已钟鸣漏尽矣。他如此类，义不胜收。偶因玉楼一名，打透元关，遂势如破竹，触处皆通，不特作者精神俱出，即批者亦肺腑皆畅也。文章当攻其坚处，一坚破，而他难不足为敌矣。信然，信然。其写月娘为正，自是诸花共一月。李花最早，故次之。杏占三春，故三之。雪必于冬，冬为第四季，故四之。莲于五月胜，六月大胜，故五排而六行之。瓶可养诸花，故排之以末。而春梅早虽极早，却因为莲花培植，故必自六月迟至明年春日，方是他芬芳吐气之时，故又在守备府中方显也。而莲杏得时之际，非梅花之时，故在西门家只用影写也。

玉楼为处此炎凉之方，春梅为翻此炎凉之案，是以二人结果独佳。以其为春梅太烂漫了，故又至淫死也。

此回内出春梅，人知此回出春梅为巧，不知其一目中已于"大丫头"三字内已出了春梅。此处盖又一掩映上文，然终是第二笔矣。于其第一笔，谁肯看之哉？试想无教大丫头一笔在前，此处即出此一笔，有何深趣？甚矣，看文者休辜负了人家文字矣。

作者写玉楼，不是写他被西门所辱，却是写他能忍辱。不然看他后文，纯用十二分精采结果玉楼，是何故又使他为西门所辱，为失节之人？作者必于世，亦有大不得已之事。如史公之下蚕室，孙子之刖双足，乃一腔愤懑而作此书。言身已辱矣，惟存此牢骚不平之言十世，以为后有知心，当悲我之辱身屈志，而负才沦落于污泥也。且其受辱，必为人所误，故深恨友生，追思兄弟，而作热结、冷遇之文，且必因泄机之故受辱，故有倪秀才、温秀才之串通等事，而点出机不密则祸成之语，必误信人言，又有吃人哄怕之言。信乎，作者为史公之忍辱著书，岂如寻常小说家之漫肆空谈也哉！

月琴与胡珠，双结入一百回内。盖月琴寓悲愤之意，胡珠乃自悲其才也。月琴者，阮也。阮路之哭，千古伤心。故玉楼弹阮，而爱姐亦弹阮，玉楼为西门所污，爱姐亦为敬济所污二人正是一样心事，则又作者重重愤懑之意。爱姐抱月琴而寻父母，则其阮途之哭，真抱恨无穷。不料后古而有予为之作一知己。噫！可为作者洒酒化囚虫矣。

第八回　盼情郎佳人占鬼卦　烧夫灵和尚听淫声

【总批】上回写娶玉楼，却只算才娶来家，才来家第一夜，此回便序金莲矣。然则费如许力量写一玉楼，而止拉到家中便罢休，何以谓之情理文字哉？然而接写玉楼来家，如何宴尔，如何会月娘众人，热必又是一篇文字，既累笔难写，又冷落金莲矣。今看他竟不写玉楼，而止写金莲，然写金莲时，却句句是玉楼文字，何巧滑也。何则？金莲处冷落，玉楼处自亲热也。玉楼处亲热，观西门庆之惭疏金莲处，更可知也。端午别金莲，到六月初二，将近一月也。此将近一月中做的事，皆是相看玉楼，收拾下礼。然将近一月中，忙此一事，岂无一刻闲工到六姐处哉？今既绝无消息，是未娶之前，已心焉玉楼矣。六月二日既娶玉楼，六月十二即嫁大姐。夫此十天之内，既忙不得工夫走动，十二至廿八，半月以内，又无一刻闲工夫哉？夫无闲，何以至院里哉？

写尽西门既娶新人，既难丢玉楼，又因娶玉楼，心中自惭，不好去见金莲，又恐玉楼看出破绽。一时心事有许多，欲进不前，故金莲屡促而不至也。则金莲处一分冷落，是玉楼处一分热闹。文字掩映之法，全在一笔是两笔用也。

六月二日娶玉楼后，才是文嫂来约娶大姐。夫自二日至十二，仅十天，而十天内方说娶，一时便措置一件婚嫁事，且又在娶玉楼之时。一者见西门庆豪富，二者见陈洪势要，为西门所趋承恐后者也。映后文月娘不堪。

写床，既入情理，又为春梅回家作线也。

看他写玉楼簪上两行诗句，明明是以杏花待玉楼，如我前所言者。益信我不负作者矣。

夫写玉楼簪子何哉？当看其又写金莲簪子，便知写玉楼簪子。何则？玉楼簪上有诗，金莲簪上亦有诗。观金莲簪上的诗，必以莲自喻，则知玉楼簪上的杏，明是作者自言命名之意。恐人不知，又以金莲簪衬出之。则知玉楼之名，信如予言，人自未细心一看耳。

此回内缴过两件物事，又伏出两件物事。金莲撕扇，是收拾过前三番写的扇子也。不来还我香罗帕之曲，又收拾过王婆所掏出之帕也。如云被风吹出岫来，既现半日花样，自然又要风吹散了他。不然摇摆天上，却何日消缴，何处安放他？至陪大姐一床，与玉楼一簪，又特特为敬济严州一线。而此处又衬玉楼宴尔，西门薄幸，金莲几乎被弃，武大险些白死。真小小一物，文人用之，遂能作无数文章，而又写尽浮薄人情。一时间高兴，便将人弄死而夺其妻，不半月，又视如敝屣，另去寻高兴处。真是写尽人情！

看此回写武二迟了日子，因路上雨水，方知王婆遇雨，是为武二迟日作地；而武二迟日，盖又为娶玉楼作地也。不然，武二倘一月便回，或两月便回，西门一边忙金莲之不暇，何暇及王楼哉？不知者谓武二来迟，是为娶金莲作地，知者谓为娶玉楼作地。然则王婆遇雨，因原为王楼作地，未尝为武二作地。而前回脱卸玉楼，又不独以王婆照薛嫂儿也。

烧灵必使“和尚听淫声”一段，总是为金莲妖淫处。随处生情。没甚深意，又特为玉楼烧灵一对，愈衬其不堪也。

文嫂儿，蜂也。为敬济说亲时，陈洪正胜则是将败未败之芰荷，故蜂儿犹来。至后文陈定作老仆，是其败已败定矣，止余一芰茎则奈何？故止用薛嫂儿通信息也。

金莲、玉楼之簪已现，后文瓶儿又有寿字簪，且每人皆送一簪，至春梅则有与小玉互相酬答之簪，而西门乃与伯爵同梦簪折，自是细针密线之处。

第九回　西门庆偷娶潘金莲　武都头误打李皂隶

【总批】此回，金莲归花园内矣。须记清三间楼，一个院，一个独角门，且是无人迹到之处。记清，方许他往后读。

此回偷娶金莲，却是顺出春梅。而出春梅时，必云月娘房里两个丫头，一个春梅，一个玉箫。明是作者恐人冤他第一回内，不曾在“大丫头”三字中出春梅也。又恐无目者犹然不知，下又云另买一个小丫头云云。明明说先有一个小丫头，陪此“大丫头”，三字者为春梅也。予言岂不益信？亦如玉楼之名，观其簪上诗句益信。

内将月娘众人俱在金莲眼中描出，而金莲又重新在月娘眼中描出。文字生色之妙，全在两边掩映。

下文武二文字中，将李外传替死，自是必然之法。又恐与《水浒》相左，为世俗不知文者口实，乃于结处止用一“倒说是西门大官人被武松打死了”，遂使《水浒》文字，绝不碍手。妙绝，妙绝。

第十回　义士充配孟州道　妻妾玩赏芙蓉亭

【总批】此回收拾武松，是一段过接文字。

妻妾玩赏，固是将上文诸事诸人一锁，然却又早过到瓶儿处也。文字如行云冉冉，流水潺潺，无一沾滞死住，方是绝世妙文。

止是出瓶儿，妙矣。不知作者又瞒了看官也。盖他是顺手要出春梅，却恐平平无生动趣，乃又借瓶儿处绣春一影，下又借迎春一影，使春梅得宠一事，便如水光镜影，绝非人意想中，而又最入情理。且瓶儿处不致寂寞。西门步步留心，垂涎已久，而金莲得宠，惹嘲生事，与气骄志放，以致私仆，一笔中将诸事皆尽，而又层层深意，能使芙蓉亭一会，如梁山之小合泊。金、瓶、梅三人，一现在，一旁侍，一趁来，俱会一处，俨然六房婢妾全胜之时也。天下事固由渐而起，而文字亦由渐而入，此盖渐字中一大结果也。

讲瓶儿出身，妙在顺将伯爵等一映，使前后文字皆动，不寂寞一边。文字中，真是公孙舞剑，无一空处。而穿插之妙，又如凤入牡丹，一片文锦，其枝枝叶叶，皆脉脉相通，却又一丝不乱。而看者乃又五色迷离，不能为之分何者是凤，何者是牡丹，何者是枝是叶也。

第十一回　潘金莲激打孙雪娥　西门庆梳笼李桂姐

【总批】 此回文字，上半明明是写金莲得宠，却明是写春梅得宠。盖前文写西门之于金莲，已不啻如花如火矣。过此十三回内，又是瓶儿的事，是写其如花如火者，又皆瓶儿之如花如火者也。然则必出春梅于瓶儿之前，见得与金莲同功一体，生死共之，不得不先写春梅也。夫先写春梅，止云收用而已，毕将春梅较惠莲、来爵媳妇之不若，何以为之《金瓶梅》哉！固知此与雪娥生波起浪，皆是作者特为春梅地步。见得此日春梅已迥非昔日之春梅，而雪娥梦梦，自不知之，宜乎有许多闲事。是故此回虽为金莲私仆作火种，却是为春梅作一番出落描写也。

写春梅，全带三分傲气，方与后文作照。

写与雪娥淘气处，偏不一番写，偏用玉楼来截住上文，少歇另起，且必于第二日另起。人知金莲进言之妙，不知作者且特特写一玉楼与金莲翻案，针锋反映。见得作孽者自作孽，守分者自守分。然则如无风起浪之金莲、春梅固不足论，而即如凡有炎凉之来，我不能自守，为共所动者，皆自讨苦吃也。故后文处处遇金莲悲愤气苦时，必写玉楼作衬。盖作者特特为金莲下针砭，写出一玉楼，且特特为如金莲者下针砭，始写一玉楼也。

写起事之因，作两番写。写要雪娥，亦作两番写。淘气，亦必春梅、雪娥闹一番，再写金莲、雪娥闹一番。见得如此淘气，而月娘全若不闻，即共至其前，亦止云“我不管你”，又云“由他两个”。然则写月娘真是月娘，继室真是继室，而后文撒泼诸事，方知养成祸患，尾大难掉，悔无及矣。故金莲敢于生事，此月娘之罪也。看他纯用阳秋之笔，写月娘出来。

一路写金莲用语句局住月娘，月娘落金莲局中，有由来矣。其偏爱声口如画，又见不待瓶儿初来方见也。

欲写梳拢桂姐，却从子虚处出来。一者又照瓶儿，二者又点结会，三者又衬银儿。子虚一边，不言中的情事又现成，又幽折，且并不费力。乃原在芙蓉亭会内，叙瓶儿后数语现成锅灶中来。妙，妙！行文之乐，至此何如？

未写瓶儿，乃又夹写一桂儿。见得西门作孽，惟日不足，而色欲一道，写无所底止。一部大书，皆是此意。

下棋一段，为是闲情，却又是明明为琴童描写一事，在前，庶后文一提，而看官心头眼底已如活见，不待至金莲叫入房中而后知之也。文情狡猾，一至如此。

第十二回 潘金莲私仆受辱 刘理星魇胜求财

【总批】 此回写桂姐在院中，纯是写西门。见得才遇金莲，便娶玉楼，才有春梅，又迷桂姐。纷纷浪蝶，无一底止，必至死而后已也。

写金莲受辱处，是作者特地示人处宠荣之后，不可矜骄也。见得如西门之于金莲，可谓宠爱已极：可必其无《白头吟》者矣。乃一挫雪娥，便遭毒手，虽狡如金莲，犹使从前一场恩爱尽付流水。宠荣之不可常恃如此。

写辱金莲，两次必用春梅解，则春梅之宠，不言可知。文字“写一是二”之法也。

写琴童一事，既为受辱作由，又将武大的心事，提到西门心中一照。真见得人情惟知损人益己，不知将人比我，故为恶不止，而又为敬济后文作一引也。

写玉楼解处，将月娘偏爱金莲为金莲牢笼处，一语皆见。而西门以春梅言自解，又见美色可畏，不迷于此，必迷于彼。而桂姐激西门剪发，直照娇儿出门。且见西门庆为色所迷，梦魂颠倒，桂姐亦有胜宠难消之事，又早为丁二官、王三官诸回伏案也。

写受辱处，足令武大哥少舒前愤，亦作者特特为《水浒》又翻一案也。否则比处即出瓶儿，文字如走马看花，有何趣味？且又不见金莲行径，而春梅宠遇，亦不能出也。

写月娘处，纯用隐笔也，何则？夫刘理星本为金莲受辱后结此一笔，为后文固宠张本。盖后文若无此一番作地于前，则私敬济时，岂无一消息吐露，而乃严密如是，必待西门死后方知哉？惟有此一番，则西门心愈迷，金莲胆愈大，而无人能动之，故必着此一着也。而又先受辱两番，见非月娘叫刘婆子来引出理星，安至金莲肆至不能治？然则引敬济入室，犹是第二错着，其害显，人人看得出。而叫刘婆子为第一错着，其害深，人却看不出。写尽无知愚妇人坏尽天下事也。不然，岂一琴童便哄然入西门之耳，而敬济乃风纹不动哉？西门之迷，或未必尽是理星之祟，然有此一番，便是罪案。是知金莲之罪，月娘成其始终也。理星其始，敬济其终乎？月娘独于桂姐最热，便伏“认女”一节。

此回两笑话将桂姐、伯爵两人一描，真是一般的伎俩身分。

此回单照一回写十兄弟身分，并三回“私挑”处，对针地步也。

第十三回　李瓶姐墙头密约　迎春儿隙底私窥

【总批】 此下单讲瓶儿矣。撞见瓶儿，必写子虚请来，自己引贼入室，见交匪类之报，又见托人之失。

描瓶儿勾情处，纯以憨胜，特与金莲相反，以便另起花样，不致犯手也。若王六儿，又特犯金莲而弄不犯之巧者也。此书可谓无法不备。

写瓶儿几番得露春信，俱用子虚往院中作间。见得不能修身，刑于寡妻之报必至如此也。可畏，可畏！请西门往院中去一引，后用院中灌醉一间，刚两番勾挑已出。末用屡屡安下伯爵、希大语一总，下即借此意串下，写一无数打总勾挑处。末又以一番白话作结。作圆满相。真描神妙笔也。

金莲、瓶儿。势不得不始合者也。然作者之巧，即以花园相逅作纽，使瓶儿即心眼注定金莲，全是自己心事出现。真是史迁再世。

写瓶儿春意，一用迎春眼中，再用金莲口中，再用手卷一影，再用金莲看手卷效尤一影，总是不用正笔，纯用烘云托月之法。而迎春踪迹，金莲固宠根由，又为理星一点，月娘罪案不言皆早矣。文笔之巧如此。

人知迎春偷觑为影写法，不知其于瓶儿布置偷情，西门虚心等待，只用“只听得赶狗关门”数字，而两边情事，两人心事，俱已入化矣。真绝妙史笔也。

第十四回　花子虚因气丧身　李瓶儿迎奸赴会

【总批】此回上半写子虚之死，是正文。写瓶儿、西门之恶，又是正文。不知其写月娘之恶，又于旁文中带一正文也何则？写西门留瓶儿所寄之银时，必无商之月娘，使贤妇相夫，正在此时。将邪正是非，天理人心，明白敷陈。西门或动念改过其恶，或不至于是也。乃食盒装银，墙头递物，主谋尽是月娘，转递又是月娘，又明言都送到月娘房里去了。则月娘为人，乃《金瓶梅》中第一绵里裹针柔奸之人。作者却用隐隐之笔写出来，令人不觉也。何则？夫月娘倘知瓶儿、西门偷期之事，而今又收其寄物，是帮西门一伙做贼也。夫既一伙做贼，乃后子虚既死，瓶儿欲来，月娘忽以许多正言不许其来，然则西门利其色，月娘则乘机利其财矣。月娘之罪，又何可逭？倘不知两人偷期之事，则花家妇人私房，欲寄于西门氏家，此何故也？乃月娘主谋，动手骗入房中。子虚尚未死，瓶儿安必其来？主意不赖其寄物，后日必还，则月娘与瓶儿，何亲何故，何恩何德，乃为之担一把干系，收藏其私房哉？使有心俊俟瓶儿之来，则其心愈不可问矣。况后文阻娶瓶儿，乃云“与他丈夫相与”，然则月娘此时之意，盖明安一白骗之心，后直不欲瓶儿再题一字，再见瓶儿一面。故瓶儿进门，月娘含愤，以及竹山受气之时，西门与月娘虽有间意，而并未一言，乃写月娘直至不与西门交言，是月娘固自有心事，恐寄物见主也。利其财，且即不肯买其房，总之欲得此一宗白财，再不许题原主一字。月娘之恶，写得令人发指。固知后敬济、吴典恩之报，真丝毫不爽，乃其应得者耳。

下半写瓶儿欲嫁之情。夫金莲之来，乃有玉楼一间，瓶儿之来，作者乃不肯令其一间两间即来，与写金莲之笔相犯也。夫不肯一间两间即来，乃用何者作许多间隔之笔哉？故先用瓶儿来作一间，更即以来作未来之间笔，其用意之妙为何如。下回又以月娘等之去作一间，又用桂姐处作一间，文情至此，荡漾已尽。下回可以收转瓶儿至家矣，看他偏写敬济入来，横插一笋，且生出陈洪一事，便使瓶儿一人，自第一回内热突突写来，一路花团锦簇，忽然冰消瓦解，风驰电卷，杳然而去，嫁一竹山。令看者不复知西门、瓶儿尚有一面之缘。乃后忽插张胜，即一笔收转，瓶儿已在西门庆家。其用笔之妙，起伏顿挫之法，吾满口生花，亦不得道其万一也。

第十五回　佳人笑赏玩灯楼　狎客帮嫖丽春院

【总批】此回与下十六回，皆瓶儿传中过文也。然此回纯是顺笔描写，顿挫中花样。故全是春云初上，层层次次生法出来的文字也。

《灯赋》中以玉楼、金莲起，瓶儿在中，月娘、西门结尾。隐伏一会中人已将写全矣。故妙。

桂姐文字，本为瓶儿文字作生活。故不惜写架儿，写圆社等也。然却又遥照后王三官文内。

处处以娼妓暗描瓶儿，作者之意可想。

于瓶儿过节文字中，乃将金莲出身一缴，绝妙照应之手笔章法也。

写月娘听楼下人言金莲旧事，乃不先打发金贵等回，乃自己即刻起身。写月娘之与西门痛痒不相关，惟知邀夫之幸，安享富贵，毫不肯担一些利害，受一点祸患，若惟恐祸及于己也。月娘之可恨如此！继室之可恨如此！

桂姐家去，却以吴银儿结。绝妙，生色掩映。

第十六回　西门庆择吉佳期　应伯爵追欢喜庆

【总批】此回内，总是照下文，故作满心满意之笔，十分圆满，以与下文走滚作照也。

写瓶儿于子虚死后，好事已成，乃反口口声声作乞哀乞怜之笔。人谓写瓶儿热，不知其写瓶儿心悔也。何则？一时高兴，将家私尽寄出去，其意谓子虚不死，我不过相隔一墙，财务先去，人可轻身越墙而过矣；及一旦子虚身死，乃深悔从前货落人手，此际不得不依人项下，作讨冷热口气也。此段隐情，乃作者追魂取影之笔，人俱混混看过，辜作者深心矣。

写伯爵辈追欢，乃特特与一回“热结”文字作缴也。然却写得不堪之甚。

写花子由辈，乃特特为武松反补也。夫争家财时，不惜东京告状；而弟死，不问何由，弟媳孝服未满，携资嫁人，且曰至三日千万令其走走，认为亲戚。此等人是何肺腑？直令人失声大哭。愿万万世不见此等人一面也。

子虚结弟兄，因（固）热得不妙；亲弟兄，又冷得无情。真是浮浪不堪之人。而子由辈，乃更非人类，较之伯爵辈为更可杀也。

王婆遇雨一回，将金莲情事，故意写得十分满足。却是为“占鬼卦”一回安线。此回两番描写在瓶儿家情事。二十分满足，亦是为竹山安线。文章有反射法，此等是也。然对“遇雨”一回，此又是故意犯手文字，又是加一倍写法。盖金莲家是一遍，瓶儿独用两遍，且下文还用一遍，方渡敬济一笋。总是雕弓须十分满扯，方才放箭也。

第十七回　宇给事劾倒杨提督　李瓶儿许嫁蒋竹山

【总批】此回瓶儿云“你就如医奴的药”一语，后文“情感”回中，一字不易。遥遥对照，是作者针线处。

正写金莲，忽插入玉楼，奇矣。今又正写瓶儿，忽插敬济，艳妙章法。然此露敬济之来，下回遇金莲，方写敬济之事，则又对照中故为参差处。

写西门见抄报吃惊语，又与苗青吃惊处，一字不易。见得同类小人，一鼻孔出气也。

正写瓶儿，锦样的文字，乃忽作迅雷惊电之笔，一漾开去。下谓其必如何来保至东京矣。不谓其藏过迅雷惊电，忽又柳丝花朵。说竹山一段勾挑话头，文字奇绝，总不由人意虑得到。

夫写瓶儿必写街山，何哉？见得淫妇人偷情，其所偷之人，大抵一时看中，便千方百计引之入室，便思车来贿迁。其意本为淫耳，岂能为彼所偷之人割鼻截发，誓死相守哉！故西门一有事，而竹山之说已行。竹山一入室，瓶儿之意已中。然而共于西门，亦不过如斯，有何不解之情哉！写淫妇人至此，令人心灰过半矣！是盖又于人情中讨出来，不特文字生法而已，瓶儿悔寄物心，至此回方说出。然则竹山不去，瓶儿不来，月娘房中之物尚肯一念为他人物乎？则写竹山又为月娘写也。

竹山必开药店，盖特特刺入西门庆眼内也。

写瓶儿即中竹山之计中者，见得瓶儿数日追悔已久。即未有竹山之谗，久已心中深恨墙头之物轻轻脱去。而西门庆过河拆桥之态，久已于冷处睃入眼中。如烧灵日瓶儿磕头，西门一手拉起，一手接酒。其前后易辙处，已全露骄矜之态。故屡屡催促者，此意也。一旦竹山开口，正中素心，宜乎有此一举。然而写一竹山，将前情一一衬出，故是作者衬叠文字的花样。乃看者多向竹山身上讨生活，岂不是《西厢》上呆讲郑恒的一样痴人说梦？

蒋文蕙者，闻悔而来者也。明衬瓶儿之悔，而蒋竹山者，又将逐散也。言虽暂合，而西门之元恶车侧，其能久乎？必至于逐散也。夫将逐散之人，不过借其一为衬叠点染耳，岂真是正经脚色，而令为官哥之来派哉？且一百回绝不结果，照应可知矣。

官哥结胎于此。看他写竹山诊脉，云“似虐非虐，似寒非寒，白日则倦怠嗜卧，精神短少，夜晚神不守舍，梦与鬼交。若不早治，久而变为他疾”云云，明说官哥，乃子虚借鬼魅之气，结胎于瓶儿腹中。其“白日”云云，产妇初孕之常态；“夜晚”云云，不明不暗，结鬼胎之原由。“若不早治”云云，乃竹山之语也。明言子虚化鬼胎于此，而借竹山一白出耳。奈之何俱为其所瞒也！

第十八回　赂相府西门脱祸　见娇娘敬济销魂

【**旁批**：西门罪案。】

【**旁批**：月娘罪案。】

【**总批**】此回上半，乃收拾东京之事也。夫东京一波，作者因瓶儿嫁来，嫌其太促，恐使文情不生动，故又生出一波作间，因既欲以敬济作间，庶可合此一笋。盖东京一波，为敬济而生，敬济一笋，借瓶儿而入。今竹山一事，又借东京一事而起。然竹山已赘，敬济已来，则东京一波若不及早收拾，将何底止？故此回首即收拾也。

收拾东京后，且不写瓶儿，趁势将敬济、金莲一写。文字又有得渡即渡之法，总是犀快也。

夫西门闭门一月情事，及完后如何描写，看他止用伯爵等假作寻问语，则前后事情如画，而十兄弟身份又于冷闲中映出。

写西门悔恨，与月娘一味昧心，全不记寄放物事的念头，各各如画。

写敬济见金莲，却大书月娘叫人请来。先又补西门不许无事入后堂一步，后又写见西门回家，慌忙打发他从后出去。写月娘坏事，真罪不容诛矣。又大书叫玉楼、金莲与警济相见、看牌。世之看《金瓶梅》者，谓月娘为作者所许之人，吾不敢知也。

写金莲进谗处，又将瓶儿旧事照入。一者起端无迹，二者瓶儿传中，固应照应不住，竟冷落也。

第十九回　草里蛇逻打蒋竹山　李瓶儿情感西门庆

【总批】上文自十四回至此，总是瓶儿文字。内穿插他人，如敬济等，皆是趁窝和泥。此回乃是正经写瓶儿归西门氏也。乃先于卷首将花园等项题明盖完，此犹娶瓶儿传内事，却接叙金莲、敬济一事。妙绝。《金瓶》文字，其穿插处，篇篇如是。后生家学之，便会自做太史公也。

看他花园内又写月娘教敬济来，其罪月娘可知。

草里蛇，乃是作者既欲以竹山为我妙文作起伏顿挫之势，不得不以草里蛇作收拾竹山之笔。看者不知，乃为竹山叫屈，且为竹山责备，可笑。

张胜者，结果敬济之人也，乃敬济才见金莲，两心私许时，已于游花园之一日，作者即出一张胜，且云守备府作长随，是一念起而持刀者已至矣。可畏，可畏。

张胜结果陈敬济者，而出身却是为瓶儿来。文字七穿八达之妙，有如此。

写瓶儿进门，西门、月娘情景，却用玉楼口中描出。而西门打瓶儿处，真是如老鸨打娼妓者然。随打且随好，写西门廉耻房心俱无，而瓶儿亦良心廉耻俱无。皆覫不若之人也。

第二十回　傻帮闲趋奉闹华筵　痴子弟争锋毁花院

【总批】上文金、瓶、梅出身已完。此回只该写“冰鉴定终身”可矣。不知作者故欲曲曲折折，作一书以自娱也。若急急忙忙写去，匆匆忽忽收煞，则不如勿作之为愈也。故必至二十九回，方以“冰鉴”总锁住。而二十五回一小小枢纽，先煞一煞也。此回与下回，因上文瓶儿传中波折大多，一段文字结不住。故接连又用两回结之也。

篇内写玉楼、金莲，映上文一段，固是束住上文，不知又是为惠莲偷期安根也。何则？此回、二十九回，是一气的文字，内惟讲一宋惠莲，而蕙连偷期，却是玉箫作牵线者。今看他借金莲说春梅“干猫儿头差事”，入一暗笋，接手玉楼陪说兰香一引，接手即将玉箫提出。盖此上瓶儿传已顿住，此下乃放手写惠莲，却恐直出不化，故又借现成锅灶一引，安下根基。下文即借看房子，将来旺媳妇病，说明在先，随手结束瓶儿新娶一案，作层次法。下即乃桂姐破绽，引出月娘扫雪；又借月娘扫雪，引出还席；借还席时，以便玉箫作线，惠莲蒙爱。文字千曲百曲之妙。手写此处，却心觑彼处；因心觑彼处，乃手写此处。看者不如，乃谓至山洞内方是写蕙连。岂知《金瓶》一书，从无无根之线乎。试看他一部内，凡一人一事，其用笔必不肯随时突出，处处草蛇灰线，处处你遮我映，无一直笔、呆笔，无一笔不作数十笔用。粗人心知安之！

写玉箫来，偏能写月娘早睡。夫新娶一妾，昨夜上吊，今晚西门拿五鞭入房，月娘为同室之人，乃高枕不问，其与西门上气，不问可知矣，《金瓶》笔法，每以此等为能。

瓶儿出见众人一段，总是刺月娘之心目，使奸险之人，再耐不得也。而金莲如鬼如蜮，挑挨其中，又隐隐伏后文争宠之线。

内将金莲妒根，用数语安下。又将瓶儿落套处，一时写出。使看者不觉心醉，后文欲释来而不能也。

写瓶儿来家，请客已完。必总叙得几桩横财，又将小厮一叙，此总煞之笔。盖上文至此，不得不一总；下文脱卸另写，不得不一总也。

李桂姐，乃玉楼、金莲、瓶儿衬花样之人也。看其写玉楼后，即写一自院中醉归，为王婆邀往金莲处；至娶金莲后，即写梳栊桂姐数段。写子虚烧灵，又写桂姐。写看灯日，又写桂姐。今瓶儿已来，玉楼、金莲二人久已来，则衬花样之人不一冷破，势必时时照应往院中去。本意借客陪主，却反致主为客累，奈何不为之败露哉！盖恐缠笔费墨，无了休也。而又为娼妓之假，刻骨描写，为月娘复和作引子。文字之妙，往往不可以一端尽之也。

一百颗明珠，人人知为后一百回作千里照应，不知果解其必用此一百颗明珠何哉？我为之逆其志，乃知作者惟恐后人看他的奇书妙文，不能放眼将一百回通前彻扣看其照应，乃用一百颗明珠，刺入看者心目，见得其一百回乃一线穿采，无一付会易安之笔。而一百回，如一百颗珠，字字圆活。又作者自言，皆是我的妙文，非实有其事也。至于珠必梁中书家带来，结八月娘梦里，又见得人自靡常，物非一人可据。今张昔李，俱是空花，不特色本虚无，而百万金珠变无非幻影也。况梁中书诛，其业亦本非梁中书之物，不知历千百人而至梁中书之手也。乃无何，梁中书手中之物又入瓶儿之手，瓶儿手中之物扭又入西门之手，且入月娘之手，而月娘梦中，又入云理守之手。焉知云理守手中之物，不又历几千百人之手，而始遇水遇火，土埋石压，此珠始同归于尽哉！乃入梁中书手时，而前千百持殊之人，已烟消云散，杳无声形；及入瓶儿手，而梁中书又杳然桃花流水之人矣。子虚勿论，及入西门与月娘之手，而瓶儿又无何紫玉成烟，彩云易散矣。及入云里守之手，而西门之墓木可拱，孝哥月娘又齐作梦中人。然则梦中做梦，又必有继云里守之手者。噫！一百明珠，作者信手拈来，头头是道。固欲为世点醒双珠，使一颗明珠为一顶门针关捩子也。寻常只以为瓶儿带来之物，可笑，可笑。

写西门自瓶儿来后，收拾小厮，是一段；教丫鬟清唱是一段；开铺面又一段，皆是失着处。如买小厮，犹之可以。至于开铺面，乃以金莲楼上堆药材，瓶儿楼上堆当物。夫以贮娇之金屋，作买卖牙行之地，已属市井不堪。而试想两妇人居处食息，俱在于此，而一日称药寻当，绝不避嫌，其失计为何知？乃绝不计及于此，宜乎有敬济之蠹暗生于内，而其种种得以生奸者，皆托如寻当物而成。至月娘只破奸情，敬济犹抱当物而出。然则“弄一得双”，西门自失计，月娘之罪，又当减等矣。愚人做事，绝不防微杜渐。坏尽天下大事，皆此等处误之也。

写西门数失后，又接对敬济说话一段。见得西门一味托大，不知以礼防闲，为处家者写一失计之样也。其数失处，又作伏数段针线：买小厮，伏后文做官；教丫鬟清唱，伏春梅正色一段；解当，伏平安、吴典恩一段；堆药材，伏“弄一得双”一段；嘱敬济，则又总照后文。而百忙中，又为西门临死一言作遥对，见其至死不知敬济之为人。总之，愚而不读书处也。

第二十一回 吴月娘扫雪烹茶 应伯爵替花邀酒

【总批】此回文，方使娶瓶儿事收拾干净也。然则又是将六人一一描写一番。而二十五回“春昼秋千”，犹是第一笔；则此回早已收束二十回，以赶文热。至二十九回内，一齐结煞也。甚矣，作文固难，看文犹难也。看他用王姑子闲中一笑话，将六人俱提出，便知此回文字之主意也。

第一段，写月娘；第二段，写玉楼；而瓶儿、金莲二人，随手出落；娇儿、雪娥二人，遥遥影写；而孟三姐，特地另写上寿；见风光与众不同。至金、瓶二人另结，见始合而终离也。

写西门、月娘和好是一段，玉楼主谋治酒又是一段，众人饮酒，又是一段，内插敬济，为“元夜戏娇姿”作引。李铭一来，伯爵二人一请，又为桂姐留后文地步。盖不看破，则西门势必又娶桂姐来家，而直冷落，又何以为后文穿插点染之用？故又必为之留一地步，而西门之于桂姐，已断无娶之之情矣。文字经营惨淡，谁识其苦心？是两段照应的文字。在烹茶传外者，后接写玉楼上寿，又将诸人后文俱用行令时自己说出。如金莲之偷敬济，瓶儿之死孽，玉楼之归李衙内，月娘之于后文吴典恩，西门之于一部《金瓶》。一百回内，以月娘避乱，孝哥幻化，与春梅嫁去，守备阵亡作照。雪娥之于来旺，以及受辱为娼，皆一一照出。或隐或现，而昧昧者，乃以为六人行酒令。夫作者吃饭无事，何不可消闲，而乃为人记酒令哉？是故《金瓶》一书，不可轻与人读。

月娘之于金莲进门，不怒不怨；而于瓶儿进门，力深怨者何故？盖金莲之先，未有金莲；而瓶儿之先，已有一金莲也。有一金莲，而月娘亦为之怨，则金莲之妒可知矣。

月娘之于西门上气，由瓶儿故也；因瓶儿上气之由，又因金莲故也。则必欲写月娘与西门不和，总欲衬金莲之恶，而不尽尔也。观瓶儿问西门“有金鬏髻没有”，而西门之对乃带惭色，则大可知矣。盖西门利瓶儿之财色，而月娘又专利其财者也。夫利人之财，而人挟其财以来，虽不骄我，我已不堪矣。况乎上房现收其三千元宝，几箱珠玉，彼虽不言，我已抱愧。兼之金莲在西门处一跳，月娘处又一挑，安得不老羞成怒？此又必然之势，月娘之心事也；然而瓶儿已来，倘不一写，即收转来，则何所底止？又安得放手写如锦如火之热闹也？故接手即写西门复和，月娘烹茶之事盖收转之笔也。

写月娘烧香，吾欲定其真伪，以窥作者用笔之意。乃翻卷靡日，不得其故。忽于前瓶儿初来，要来旺看宅子，先被月娘使之送王姑子庙油米去，而知其假也。何则？月娘好佛，起先未着一笔，今忽与瓶儿来之第三日，即出王姑子。后文王姑子引薛姑子，乃至符药等，无所不为。而先刘婆子引理星，又其明鉴。然则烧香一事，殆王姑子所授之奸谋，而月娘用之而效。故后文纷纷好佛无已，盖为此也。况王姑子引薛姑子来后，瓶儿念断七经，薛姑子揽去，而月娘且深恼王姑子，是为薛姑子弄符水，故左袒之也。然而其引尼宣卷，无非欲隐为此奸险之事。则烧香为王姑所授之计，以欺西门无疑也。况此本文言月娘烧香，嘱云

"不拘姊妹六人之中，早见嗣息"，即此愈知其假。夫因瓶儿而与西门合气，则怨在瓶儿矣。若云恼唆挽面门主人，其怨又在金莲矣。使兼有《周南·谬木》之雅，则不必怨；即怨矣，而乃为之析子，是违心之论也。曰不然，贤妇慕夫，怨而不怒。然而不怨时，不闻其祈子。曰后文"拜求子息"矣。夫正以后文"拜求"之中，全未少及他人一言，且嘱薛姑子"休与人言"，则知今日之假。况天下事，有百事之善，而一事之恶，则此一恶为无心；有百事之恶，而一事之善，则此一善必勉强。月娘前后文，其贪人财，乘人短，种种不堪，乃此夜忽然怨而不怒，且居然《麟趾》《关雎》，说得太好，反不像也。况转身其挟制西门处，全是一团做作，一团权诈，愈衬得烧香数语之假也。故反复观之，全是作者用阳秋写月娘真是权诈不堪之人也。

内金莲摸香球云"李大姐生了蛋了"，闲闲一语，遂成生子之谶。

第二十二回　惠莲儿偷期蒙爱　春梅姐正色闲邪

【总批】此回方写惠莲。夫写一金莲，已令观者发指，乃偏又写一似金莲，特特犯手，却无一相犯。而写此一金莲，必受制于彼金莲者，见金莲之恶已小试于惠莲一人。而金莲恃宠，为恶之胆，又渐起于治惠莲之时。其后遂至陷死瓶儿母子，勾串敬济，药死西门，一纵而几不可治者，皆小试于惠莲之日。西门入其套中，不能以理治之以明察之。惟有纵其为恶之性耳。吾故曰：为金莲写肆恶之由，写一武大死；为金莲定争宠之由，乃写一惠莲死也。

写惠莲，为瓶儿受害作一小小前车。其意已批前《读法》内，不另裁。

上半写惠莲，下半却是写春梅。夫于孙雪娥吃打后，虽略见一斑，实未尝正描春梅一笔。今日金、瓶已同入花园，惠莲又出，正好一顿住惠莲，腾出笔来放手一写春梅也。

写春梅，必用骂李铭衬出者，何也？夫写春梅之心高志大气傲，已随处写出，今必欲特特写出，则必用一因，起一事方好。夫家中起因于小厮媳妇丫鬟中，则晓春梅身份声价。若于敬济，则未描其骨格，先写其堕落矣，是用借李铭一衬，则春梅矜尚自许，圭角崖岸，夸大负气，数语皆见。而于前娇儿陷金莲，桂姐要剪发一根，轻轻提出。见得蓄恨已久，无缘报复，今乘桂姐破绽败露，而李锦又适逢其会，遂使弃千年不报之恨，一旦机缘凑巧，此时不报，更待何时？遂一发尽情，不遗余力也。写怨恨之于人如此。作者固明明一线穿来，而看者止见其写春梅一面，不知其又暗结金莲一面，而后文娇儿于西门死后盗财付李铭手，又必用春梅看见可想。

第二十三回　赌棋枰瓶儿输钞　觑藏春潘氏潜踪

【总批】此回单叙惠莲乏怙宠也。夫主意单写惠莲，而用笔亦单写惠莲，便成呆笔。上文金莲、玉楼、瓶儿、春梅俱未呆写，后文若干人亦俱未呆笔，此文又何肯呆写？则知“赌棋枰”，又不得不然之生法穿插也。然而玉楼、金莲、瓶儿相聚一处，其消闲永昼，逐队成团，一堂春色，又不得不加一番描写，不必待“鞦靶’一回方始总描之也。早于吃车轮酒时一一描其胜满之极矣。过此数回，至“生子”后，则金、瓶永不复合矣。故此处一描，为万不可少。

“觑藏春”，见惠莲小人之底里皆动。而金莲潜踪，已伏一势不两立之根，次早略使权术，遂使西门对惠莲无以自解。而惠莲之不心贴西门，已安一皮根。后文层层变卦，愈滋悲愤，遂致捐躯而不顾也。然而金莲之恶，已盈于不言之中矣。

写听篱察壁，固是金莲本性，而一听即着，愈使后文一步不肯松也。妒妇之不容人，大半怕人如此。又与“翡翠轩”作引子矣。

后文写玳安、写责四，皆描写惠莲淫荡轻狂，以致人人皆知，为来旺“醉骂”之由也。又见轻佻浅露，特特与春梅相反，以结果之不如也。

于未见金莲前，却横插一平安。一者映出惠莲，一者为妒书童受报作伏。小人轻言取祸，往往如此。

第二十四回　敬济元夜戏娇姿
惠祥怒詈来旺妇

【**总批**】此回总写西门庆治家愚阙之失也。上半写西门不能守礼，防邪乱于未然；中段写月娘付理乱于不闻，一任妇女遥街行走，而西门亦止醉梦，一线不知，成何家范？下半写西门偏爱惠莲，便不能统服众下。即惠祥失误点茶，固亦职分中事，使西门不与惠莲勾搭，虽百鞭惠祥，有何闲说？乃止因一事下替，遂起凌夷之渐。作者盖深为处家者棒喝也，凡有家者识之。

此回文字，又特特于楼上赏灯作对。如言“疑为公侯人家”一语，遥照灯楼下一语，一字不差。惠莲几个“一回”，与金莲登楼几个“一回”又遥遥作以。盖写惠莲原欲将其结果，为瓶儿作履霜之戒，故又写一元夜又到狮子街灯楼上。而惠莲又作者欲再作一金莲之后尘。故又用几个“一回”字，特特遥照也。

写金莲递酒，必用西门庆自叫他去，且随即留敬济于众美中不顾而去。宜乎双珠尽失，且又不全病月娘也。

敬济既戏金莲，又挑惠莲，见迷色者逢云即是巫山，遇水皆云洛浦。此等心事，又不特西门一人，而渐渐心粗胆大，以至难制，皆西门失防之故也。

惠莲看破机关，为后文金莲必欲妒死之因。盖以惠莲之为人，有何涵养？眼中一事历久而不出者，止因惧怕金莲，不敢声扬。彼固自云“等他再有言语到我们，我自有话说。”然则惠莲固必然将此意点明金莲。而金莲险人也，岂肯又如前番受雪娥、娇儿一挫之亏哉，固不惜昼夜图维，千方百计思所以去之。而天假其便，忽有来旺儿言，以中其计，行其术，必至于置之死地而后已也。然而窗外一觑春风，早为一付勾魂帖。惠莲自为得意，不知其贾祸之机，实本于此也。此文作者深著世情之险，危机触处皆然。人甚勿以拿人细处为得计也。看官每不肯于无字中想其用意，其妙意安得出！

上回金莲一觑惠莲，已理一妨根于自己腹内；此处惠莲一觑金莲，又伏一恶刺于他人眼中。一层深一层，所以必死之而后已也。文字深浅之法，谁其知之？

此回全是透露末路文字：看其写金莲、敬济处，写韩嫂儿，写贲四嫂，写长姐，写惠祥。夫写惠祥，何以见其亦为末路写也？不见后文来保欺恩，以此日之惠祥，与彼日之惠祥，遥遥一照，即知天道报应处丝毫不爽。总之，上文诸人皆完聚，下文又要出一雪娥之丑，露惠莲之破。此日乃全胜时，不全胜时又为之预先一照，匪特劝惩何在？亦何以为之文法哉！

狮子街，武二哥报仇之处，乃瓶儿又住此，王六儿又住此。今必令金莲两至其地，且惠莲亦必至其地。真是作孽者每与死地相寻，而不肯一远。写尽作孽人矣。

第二十五回　吴月娘春昼秋千　来旺儿醉中谤仙

【总批】此回又是一小关锁也。夫上文烹茶传末，已于酒令中各写身份，可谓一小锁。而此文又锁何哉？不知上文芙蓉亭，以及扫雪烹茶，俱不能入春梅在坐，大是费手。故又生一秋千，则春梅、惠莲皆可与金、瓶、月娘诸人齐肩并立，共占春风，毫无乘车戴笠之异也。此系作得千秋苦心，今日始为道出，以告天下后世锦绣之子也。

大书吴月娘春昼秋千。夫月娘，众妇人之首也。今当此白日，既无衣食之忧，又无柴米之累，宜首先率领众妾勤俭宜家，督理女工，是其正道。乃自己作俑为无益之戏，且令女婿手揽画裙，指亲罗袜，以送二妾之画板。无伦无次，无礼无义，何惑乎敬济之挟奸卖俏，乘间而入哉！天下坏事，全是自己，不可尽咎他人也。

夫敬济一入西门家，先是月娘引之入室，得见金莲。后又是月娘引之入园，得采花须。后又是西门以过实之言放其胆，以托大之意，容其奸。今日月娘又使之送秋千，以荡其心。此时虽有守有志之人，犹难自必其能学柳下惠、鲁男子，况夫以浮浪不堪之敬济哉！又遇一精粗美恶兼收之金莲哉！宜乎百丑指出矣。

金莲、瓶儿，西门夺之于武大、花子虚手中也。乃西门太之之时，不肯少为武大、子虚计。至琴童、竹山，则西门不觉恨入骨髓，欲杀之割之，而心犹未释然。宋惠莲，固蒋聪之妇人也，乃来旺奸之在前，而又借西门之力之财以得之者也。且暗中已讨雪娥一节便宜。则今日西门庆为主者固不是，而来旺又不肯少回其意，亦必欲杀欲割西门、金莲二人而方休。总之人情止知私于己，而不肯忠恕也。若肯忠恕于未谋人之先，则此恶必做作不出；即肯忠恕于已失着之后，犹可改过自修，庶几免祸患于万一。若西门一往不返，卒有丧身之祸；来旺一往不返，几有不保之戚也，噫！读此书者，于此处当深省之，便可于淫欲世界中语圣贤学问。

写西门之于雪娥，既察其奸，就该逐之使去，不可令其停留一日，庶足令金莲、敬济暗地寒心，而亦处家之正道，即来旺于此亦可少数。乃糊涂一打便休，毫无礼法，宜乎来旺之恶愈炽，而不数日金莲之鞋已入敬济之手也。

第二十六回　来旺儿递解徐州　宋惠莲含羞自缢

【总批】此回收拾惠莲，令其风驰电卷而去也。夫费如许笔墨，花开豆爆出来，却又令其风驰电卷而去，则不如勿写之为愈也。不知有写此一人意在此人者，则肯轻写之，亦不肯便结之。盖我本意所欲写者在此，则一部书之终始即在此。此人出而书始有，此人死而书亦终矣，如西门、月娘、金、瓶、梅、敬济等人是也。有写此一人，本意不在此人者，如宋惠莲等是也。本意止谓要写金莲之恶，要写金莲之妒瓶儿，却恐笔势迫促，便间架不宽广，文法不尽致，不能成此一部大书，故于此先写一宋惠莲，为金莲预彰其恶，小试其道，以为瓶儿前车也。然而惠莲不死，不足以见金莲也。金莲死之死，不在一闻来旺之信而即死，却在雪娥上气之后而死。是惠莲之死，金莲死之，非惠莲之自死也。金莲死之固为争宠，而惠莲之死于金莲，便是争妍，殆争之不胜，至再至三，而终不胜，故愤恨以死。故一云“含羞”，又云“受气不过”。然则与来旺何与哉！

看其写来旺中计，而惠莲云“只当中了人拖刀之计”，与瓶儿见官哥被惊之言一样，不改一字。然而写惠莲为瓶儿前车，为的确不易，非予强评也。

一路写金莲之恶，真令人发指，而其对西门一番说话，却入情入理，写尽千古权奸伎俩也。然唯西门有迷色之念，金莲即婉转以色中之，故迷而不悟。倘不心醉惠莲，而一旦忽令其杀一人，西门虽恶，必变色而不听也。是知听言又在其人。

“风里言风里语”六字，妙绝，奇绝。天下事何事不在风里言语中哉？夫风何处不在，乃作恶者必欲袖里藏风，其愚不知为何如也。

观惠莲甘心另娶一人与来旺，自随西门，而必不忍致之远去。夫远去且不甘，况肯毒死气死之哉！虽其死总由妒宠不胜而死，而其本心却比金莲、瓶儿差胜一等，又作者反衬二人也。

惠莲本意无情西门，不过结识家主为叨贴计耳，宜乎不甘心来旺之去也。文字俱于人情深浅中一一讨分晓，安得不妙。

第二十七回　李瓶儿私语翡翠轩　潘金莲醉闹葡萄架

【总批】此回是金莲、玉楼、瓶儿、春梅四人相聚后，同时加一番描写也。玉楼为作者特地矜许之人，故写其冷，而不写其淫。春梅又为作者特地留为后半部之主脑，故写其宠，而亦不写其淫。至于瓶儿、金莲，固为同类，又发深浅，故翡翠轩尚有温柔浓艳之雅，而葡萄架则极妖淫污辱之怨。甚矣，金莲之见恶于作者也！

内以一月琴贯“翡翠”、“葡萄”二事，信乎玉楼之一人又为金、瓶二人之针线也。

必特写四人一番，盖四人皆作者用意特写之人。且四人者，一部之骨子也，故用描写一番。

内必用西门恼金莲一段，已伏后妒宠之根，几番怒骂之由，见瓶儿之独宠也。

凡各回内清曲小调，皆有深意，切合一回之意。惟此回内“赤帝当权”则关系全部，言其炎热无多，而煞尾二句，已明明说出矣。

人知此回伏生子，不知其于“扫雪”一回已伏生子之根矣。此处又明照出，亦如大丫头已出春梅，叉子薛媒婆口中再明说出。此是笔法暗对处。

内写西门，心知金莲妒宠争妍，而不能化之，乃以色欲奈何之，如放李子不即入等情。自是引之入地狱，已亦随之败亡出丑，真小人之家法也。

《梁州序》上半截写玉楼、瓶儿，下半写春梅、金莲。然玉楼自有一腔心事寄在月琴，是身与会而心不然者。春梅又有一种心高志大，不肯抱阮作穷途之哭者，然则比日翡翠轩、葡萄架，惟李潘二人各立门户，将来不复合矣。

第二十八回 陈敬济徼幸得金莲 西门庆糊涂打铁棍

【总批】人知此回为写金莲之恶，不知是作者完一事之结尾，渡一事之过文也。盖特地写一惠莲，忽令其烟消火灭而去，不几嫌笔墨直截，故又写一遗鞋：使上文死去惠莲，从新在看官眼中一照，是结尾也。因金莲之脱鞋，遂使敬济得花关之金钥，此文章之渡法也。然而一遗鞋，则金莲之狂淫已不言而尽出；一收鞋，则惠莲之遗想又不言而尽出矣。

惠莲原名金莲。今金莲得惠莲之“金莲”，而必用刀剁之，是惠莲为金莲排挤以死之恶，又于其死后为之再彰其愤，使金莲之恶，不堪一提起也。

写打铁棍，见西门为色所迷，而金莲已盘曲恶根，不可动摇，由此放胆行事，以致有敬济之事。然则月娘引敬济，西门纵金莲，由渐而成，乃有后文之事。甚矣，履霜之戒，为古人所重也。

此回单状金莲之恶，故惟以“鞋”字拨弄尽情。直至后三十回，以春梅纳鞋，足完“鞋”字神理。细数凡八十个“鞋”字，如一线穿去，却断断续续，遮遮掩掩。而瓶儿、玉楼、春梅身分中，莫不各有一“金莲”，以衬金莲之“金莲”，且衬惠莲之“金莲”，则金莲至此已烂漫不堪之甚矣。

“葡萄架”后，便是金、瓶二人妒宠起头，直至瓶儿死，金莲方畅。此处却回顾惠莲，必用金莲以刀剁之。明写惠莲一人乃瓶儿前半小样，是惠莲在前，如意在后，惠莲乃瓶儿前车，如意乃瓶儿后车也。故惠莲死，即接“翡翠轩”；瓶儿死，即接“口脂香”，紧捷之甚。

第二十九回　吴神仙冰鉴定终身
潘金莲兰汤邀午战

【**总批**】此回乃一部大关键也。上文二十八回一一写出来之人，至此回方一一为之遥断结果。盖作者恐后文顺手写去，或致错乱，故一一定其规模，下文皆照此结果此数人也。此数人之结果完，而书亦完矣。直谓此书至此结亦可。

看他写众妇人出来看相，各各不同。月娘上来，众妾同观看。李娇儿自己过来。月娘叫孟三姐："你也相相。"神仙即接着相，至于金莲，不肯出来，必用再三推之方出。瓶儿是西门令其相。雪娥、大姐是月娘令其相。夫大姐本非局中正经脚色，因不便令敬济混入，则用大姐。盖大姐相，而敬济之结果已过半矣，故此处不相陈敬济。

何以不便入敬济？盖西门之待敬济，半以奴隶待之，故不入敬济。所以衬西门市井人，待婿之薄，而又特隐敬济。使文字有参差之致也。

上文既于前回红鞋之余波，引下金莲之作恶不厌中，劈空插神仙一段，下即接"兰汤午战"。见金莲毫无儆省悔过之心；而西门适听神仙贪花之说，即白日宣淫。见作恶者虽神仙亦不得化之改也。

西门必用子平风鉴，两番描出，又与众人不同。

凡小说，必用画像。如此回凡《金瓶》内有名人物，皆已为之描神追影，读之固不必再画。而善画者，亦可即此而想其人，庶可肖影，以应其言语动作之态度也。

第三十回　蔡太师擅恩锡爵　西门庆生子加官

【总批】因潘金莲生一宋金莲，又因潘金莲之遗失“金莲”，引出宋金莲之遗下“金莲”。潘金莲遗失“金莲”，入陈敬济手；宋金莲遗下“金莲”，为西门庆收。则西门庆解潘金莲之“金莲”以与敬济，而敬济乃得金莲。宋金莲自解其“金莲”以与西门庆，而乃留为潘金莲快志之地。遂致失一“金莲”而又得一金莲。且因既失复还之“金莲”，引出新做之“金莲”，因金莲新做一“金莲”，遂使玉楼亦做一“金莲”，瓶儿亦做一“金莲”，今此回春梅亦做一“金莲”。见得数人呼吸相通，一鼻孔中出气，不谓一“金莲”之鞋，生出两回无穷文字。

朝廷赏太师以爵，太师赏人以爵。其受赏之人又得分其爵，以与其家人伙计。夫使市井小人，皆得锡爵，则朝廷太师已属难言，况乎并及其市井小人之家人伙计哉！甚矣，朝廷太师之恩波为可惜也！

一部炎凉书，不写其热极，如何令其凉极？今看其“生子加官”一齐写出，可谓热极矣。

夫写其生子，必如何如何，虽极力描写，已落秽套。今看其止令月娘一忙，众人一齐在屋，金莲发话，雪娥慌走，几段文字下直接“呱”的一声，遂使生子已完。真是异样巧滑之文，而金莲妒口，又白描入骨也。

官哥儿，非西门之子也，亦非子虚之子，并非竹山之子也。然则谁氏之子？曰:鬼胎。何以知之？观其写狮子街，靠乔皇亲花园，夜夜有狐狸，托名与瓶儿交，而竹山云“夜与鬼交”，则知其为鬼胎也。观后文官哥临死，瓶儿梦子虚云“我如今去告你”，是官哥即子虚之灵爽无疑，则其为鬼胎益信矣。况“翡翠轩”瓶儿临月，而西门不知，可知非西门之子。子虚前年腊月死，又二年六月方生官哥，非子虚之子又明。至于竹山，一经逐散之后，毫无一字提起；且竹山以六月赘瓶儿，内云“赶了往铺子内睡”，则亦相好无多日。而使一度生子，当两月后逐竹山之时，竹山岂无一语及此？即使瓶儿自知，则嫁西门后，以竹山初赘，算至四月内，已十月满足，即胎有过期者，而瓶儿能不于三月内自存地步乎？必待“翡翠轩”方自己说明？是子虚之孽，乘乔皇亲园鬼魅之因，已胎于内。而必待算至瓶儿进门日起，合成十月，一日不多不少，此所以为孽也。不然岂如是之巧哉。盖去年八月二十娶瓶儿，隔三日方入瓶儿房中，今年六月二十三日生官哥，岂非一日不多少乎？吾故曰：孽也，未有如是之巧者也。

内写月娘房中拿坐草物，明点后文月娘小产之因。

第三十一回　琴童儿藏壶构衅　西门庆开宴为欢

【总批】此回已伏瓶儿母子俱死之机也。何则？官哥生而书童始来，瓶儿死而书童即去。中间妒瓶儿兼妒书童。且内室乞恩，书童实附瓶儿，而“三章约”金莲实走书童。然则写书童，乃又写瓶儿受妒之时，外更有一以色进身、入宫见炉之男宠以衬之。见金莲一妒而无所不用其妒。而藏壶一事，实为后“三章约法”之根，有如前《读法》内所云者也。

藏壶一事而三用之：一见玉箫之私书童，二见金莲之争闲气，三见西门之偏爱瓶儿、官哥也。

“藏壶”、“偷金”二事，而于琴童竟不一问，于夏花则拶而且必欲卖之，其爱瓶儿处自见。

开宴内却特用两太监说出三套词曲名色，将一部主意间架，前后排场说尽。当极炎热时，如何插入冷调，然不于此处下针砭，又何以儆醒世人，故用二太监也。

月娘，良家妇也。一旦妓者来认女，月娘当怒叱之不暇，乃反喜而受之，其去娼家几何哉？况桂姐，乃西门梳笼之人也。其夫迷此人，贤者当劝其夫，即不贤者毋宁拒此人。乃西门迷之而不能劝，已反引之于膝下，以为干女儿，是以鸨儿自居也。月娘真乃迷而不悟。

第三十二回　李桂姐趋炎认女　潘金莲怀妒惊儿

【总批】此回上半幅之妙，妙在先令桂姐、银儿家去，将诸妓一影，后用桂姐先来，银姐、爱香、金钏三人后来；三人先出去，桂姐独后出来。二路情节，遂花团锦簇之妙。夫必又写四妓何哉？盖于西门做官之后，其势利豪华，于别处描写，便觉费手，看他算到必不止于一遭开宴，开宴正所以热闹，而开宴之热闹，止用诸妓乐工一衬，便有寒谷生春、花添锦上之致，文字固有衬叠法也。

看他于前回席散，接后用伯爵二人要早来代东，一过下接手写一官席，不始插入认女正文，层次如画。官哥弥月，薛太监贺喜之搏浪鼓，却是后文瓶儿所睹而哭官哥之物。天下事吉凶倚伏本是如此，又不特文字穿插伏线之巧也。

李桂姐此回是正文，银姐三人是陪客。然三人内银姐又为解衣一回之线，爱香又为爱月之因，而玉钥又为隔花之金钏作引。固如一百回，皆一时成就，方能如针线之联络无缝也。

桂姐认女之意，大半为争风一节，怕西门今为提刑，或寻旧恨。再而作者于前，既为之露出丁二官破绽，一冷开去，何必又收转来？不知西门好色，使能一窥其破绽而即奋然弃之，尤是豪杰；唯是亲眼见其败露而终须恋恋不舍，为其所迷，此所以为愚也。故桂姐、银儿、月儿，毕西门之生，未尝暂冷，而终西门之丧，杳然并去。西门在时，虽桂姐与王三官百丑皆露，而往来不绝；西门死后无一是非，而诸妓作者亦绝口不提，即他妓亦另出名姓，非后此日一班花柳也。可叹，可省！

必写月娘收桂姐为女儿，总之欲丑月娘。见他一味胡乱处家，不知礼仪，虽下同妓女之母而不知耻，而以此母仪，仪型大姐，宜乎有后文之闹。总之，丑月娘更所以丑西门也。

爱香口中，即为爱月一抬身分，又为桂姐一照王三官，文字针线，逼真龙门。

百忙贺生子之时，即入怀嫉一事，见金莲于官哥之生以及其死，无一日甘心也。妇人可畏如此！

第三十三回　陈敬济失钥罚唱　韩道国纵妇争锋

【总批】韩道国，一百回内结果之人也。其结果乃在何官人家。夫韩道国妻王六儿，于“财”“色”二字不堪而沉溺者也；爱姐于“财”“色”二字不堪而回头者也。不堪所以有此书，不堪而欲其回头，又所以有此书。故结以何官人，为凡世之不抱何姓人等作官人者劝也。故仍以何官人结，而此处于未出韩道国，先出何官人，因买何官人货，方寻韩伙计。然则“财”“色”二字，人自不能忘情，相引而迷于其中耳。故何官人之货，必云绒线。

写失钥罚唱，必用还席作因，寻衣作引。一伏后文打狗骂潘姥姥之因，一伏“弄一得双”由寻衣服之引。

一咱写金莲强敬济吃酒索唱，总是从骨髓中描出，深成一片，不能为之字分句解，知者当心领其用笔之妙。然而他偏又夹写瓶儿、春梅、潘姥姥、吴月娘、如意儿、官哥，总是史笔之简净灵活处。

金莲、敬济至一见消魂后，至此已几番描写。然而一层深一层，一次熟落胆大一次，总是罪西门、月娘不知防嫌。而此回又必写月娘见其同席，而不早正色以闲之也。

内心写月娘小产者，乃作者深恶妇人私行妄动，毫无家教。

以致酿成祸患而不知悔，犹信任三姑六婆，安胎打胎，胡乱行事，全无闺范者也。又深讥西门空自奸许，其实不能出妇人之手，终被瞒过。何也？如月娘有孕七月，而一旦落去，西门且不知，然则设十月生下，问之西门，当亦不知为何人之子乎？不知其孕，固属愚甚，知其有孕而并不问其何以不生出，天下人处家之昏昏者。

孰有如此？亦如翡翠轩，去生官哥止一两月，然则私语时，瓶儿之娠已七八月矣，西门亦未之知，其醉梦为何如？宜乎刘婆子与三姑得出入，以肆其奸也。有家者甚勿为色所迷。

王六儿与二捣鬼奸情，乃云道国纵之。细观方知作者之阳秋。盖王六儿打扮作倚门妆，引惹游蜂，一也；叔嫂不同席，古礼也，道国有弟而不知闲，二也；自己浮夸，不守本分，以致妻与弟得以容其奸，三也；败露后，不能出之于王屠家，且百计全之，四也。此所以作者不罪王六儿与二捣鬼，而大书韩道国纵妇争风，谁为稗官家无阳秋哉？

又月娘小产，必于王六儿将出之时，煞有深意。见六为阴数，先有潘六儿在前，后有王六儿在后，重阴凝结，生意尽矣。幸有一阳隐伏，犹可图来复之机，乃一旦动摇剥尽，不必至丧命一回，而久已知两六之为祸根，后死两六儿家犹证果，非结因也。

王、刘、薛三姑子，三姑也；刘婆子，刘与六通，六婆也。写来遂令人混混，急切看不出，是其狡猾之才。偶记于此。

第三十四回　献芳樽内室乞恩　受私贿后庭说事

【总批】 提刑所，朝廷设此以平天下之不平，所以重民命也。看他朝廷以之为人事送太师，太理又以之为人事，送百千奔走之市井小人，而百千市井小人之中，有一市井小人之西门庆，实太师特以一提刑送之者也。今看到任以来，未行一事，先以伯爵一帮闲之情、道国一伙计之分，将直作曲，妄入人罪，后即于我所欲入之人。又因一龙阳之情，混入内室之面，随出人罪，是西门庆又以所提之刑为帮闲、淫妇、幸童之人事，天下事至此尚忍言哉？作者提笔著此回时，必放声大哭也。

瓶儿，金屋之阿娇也。书童，外庭之小奴也。竟入内室，绝不避嫌，饮酒说事，绝不明察。况瓶儿，妾也。妾有事不直致之于夫，而托外庭奴仆为之先容，其可疑处正不在求情说分上处。乃一味糊涂，岂齐家之正道？宜平雪娥私来旺，知而留之，金莲私琴童，迷而不悟，以致养成敬济之大患，至死而不觉也。

欲写金、瓶二人争宠处，于何处下笔？乃因书童，即插入平安，令其男宠中先有共相油盐酱醋之香，串入金莲，遂觉一时情景如画。

写瓶儿一边热处，自觉金莲二边冰冷，不必身亲其地，而已见有难堪之情，作者之笔真化工也。

第三十五回　西门庆为男宠报仇　书童儿作女妆媚客

【总批】此回单为书童出色描写也。故上半篇用金莲怒骂中衬出，下半篇用伯爵笑话中点醒也。

伯爵者，乃作者点睛之笔也。看他于此回内，描写为书童一篇，曲曲折折文字，只用伯爵一笑话明白说出，使通身皆现。诸如后文“山洞戏春娇”，西门恼桂姐心事，用伯爵数白话点明，如此等类，不可胜数。故云伯爵，作者点睛之妙笔，遂成伯爵之妙舌也。

平安吃醋，固宜受祸，画童以听觑摇手，亦被牵连。内又插来安过舌，来兴作耍，贲四插科，终以玳安作收，固为书童怙宠作衬，实又借此为玳安一描身份也。席间必用伯爵打贲四一错，一者见伯爵荐人纯是贪利，于西门家毫未着意，小人心意，固是如此；二者见贲四一向赚钱，已露骄矜，宜乎有错，而王六儿即便上手，较之贲四嫂尚俟迟迟，故贲四先须让韩道国一着也。

希大一唱内于赏男宠时，已露王六儿消息，此所以为希大也。然唱亦精绝。

末又于打灯笼一段闲情，照出金莲之恨，且收拾诸仆。借问棋童使盏童、琴童、玳安、平安，色色皆出，而独于问春梅时，一语结出书童，使层层爆出之花，又层层收拢入来，真千古的史笔。可惜令之老死床下；作稗官野史。悲夫！我当为之一哭。

第三十六回　翟管家寄书寻女子　蔡状元留饮借盘缠

【总批】此回乃作者放笔一写仕途之丑，势利之可畏也。夫西门市井小人，逢迎翟云峰，不惜出妻献子，何足深怪。乃蔡一泉巍巍榜首。甘心作权奸假子，且而矢口以云峰为荣，止因十数金之利，屈节于市井小人之家，岂不可耻？吾不知作者有何深恶之一人，而借此以丑之也。

安郎中，盖作者借之作陪客，以结书童之余文也。盖此书每传一人，必伏线于千里之前，又流波于千里之后，如宋惠莲既死，犹余山洞之鞋等是也。今书童于上两回已极力描写，此处若犹必呆写，便非文理；若使置，不写，文情又何突然无余韵？故于请蔡状元时，用安郎中作陪，而令其有龙阳好，闲中又将书童点出余韵也。作者用意盖如此，看官知之乎？

第三十七回　冯妈妈说嫁韩爱姐　西门庆包占王六儿

【总批】此回乃一百回作结之因也。夫爱姐不上东京，道国何由远遁？道国不远遁，又何由于大马头遇守备府之陈敬济？爱姐不遇敬济，何由改过而守节哉？然则趋奉翠廉犹是易解之意。

王六儿者，予固云效潘六儿之尤而特甚者也。然而撮合必用冯妈妈者，使看者眼中又时时不冷落瓶儿也。文笔之联络处如此，谁其如之？

王六儿与西门庆交，纯以利者也。故初会即骗丫头，再会即骗房子。

老冯，瓶儿之奶娘也。一旦得王六儿之些须浸润，遂弃瓶儿如路人。写此等人，真令其心肺皆出。

如买薄甸等，皆闲笔映月娘之好佛也。读者不可忽此闲笔。千古稗官家不能及之者，总是此等闲笔难学也。

第三十八回　王六儿棒槌打捣鬼　潘金莲雪夜弄琵琶

【总批】此回入李智、黄三，总为西门庆死后冷处作衬。故，先为热处多下趋附之人也。

棒打掏鬼者，盖欲撇开掏鬼，以便与西门往来也。然必写掏鬼有奸在先者，一画道国，一画六儿，一伏一百回路遇之笋。湖州养六儿，以成爱姐之志也。然此时不一撇去，岂韩二竟忽然抛去旧情，不一旁视乎？故用王六儿以棒槌一闹，西门庆一打，庶可且收起捣鬼。至拐财远遁，用他着时，再令其来可也，王六儿淫事，必尽情写之者，盖本意欲于潘六儿之后，又写一尤甚者也。

潘金莲琵琶，写得怨恨之至。真是舞殿冷袖，风雨凄凄。而瓶儿处互相掩映，便有春光融融之象。迨后打狗畜猫，皆此时愤恨所钟。可知一家之怨恨，固非一日所成。稍有介意时，为之主者，当预为调停，庶不至于深耳。彼西门乌得知？

打韩二，必用棒槌，盖为琵琶相映成趣。然则琵琶之恨，亦无非争一棒槌耳。

第三十九回　寄法名官哥穿道服　散生日敬济拜冤家

【总批】 此回专为佞佛邀福者下一针砭。

玉皇庙，两番描写，俱是热闹时候。即后文荐亡，亦是热闹之时，特特与永福寺对照也。

看他平空撰出两付对联，一个疏头，却使玉皇庙是真庙，吴道官、西门庆等俱是活人。妙绝之笔。

玉楼因看道士做的鞋，便想其有老婆。金莲因道士老婆，即想及尼僧汉子。王姑子直欲不做和尚，而金莲又因尼僧汉子为和尚，想及和尚老婆为尼僧。然则官哥为小道士，瓶儿不几几乎与道士有嫌疑之瓜葛乎？世人每愚而不悟，一味佞佛邀福，仙佛有灵，当亦大笑。

内中如道士改孩子姓，花大不应称舅，皆极可笑事，而确是人情必有之事，作者特借金莲口中说出。

篇末偏于道家法事之后，又撰一段佛事，使王姑子彰明较著，谈一回野孤禅，与上文道事相映成趣也。然而三十二祖投胎，又明为孝哥预描一影。则孝哥生儿露，而西门死儿发矣。可畏哉。

玉皇庙寄名，接王姑子谈经，与后千金喜舍，接二姑子印经，又是遥对章法。

第四十回 抱孩童瓶儿希宠 妆丫鬟金莲市爱

【总批】此回小文为下回愤深作引也。盖金莲之愤，何止此日起！然金莲生日，西门乃在玉皇庙宿。玉皇庙却是为瓶儿生子。则金莲此夕已二十分不快。乃抱孩儿时，月娘之言，西门之爱，俱如针刺眼，争之不得，为无聊之极思，乃妆丫环以邀之也。虽暂分一夕之爱，而愤已深矣。宜乎后文再奈不得也。文字无非情理，情理便生出章法，岂是信手写去者？

写月娘听王姑子之言，真写尽尼僧之恶。看者读此回后，不闭门谢绝此辈者，非人心也。

两段文字，却两番夹写，如王姑子问月娘喜事一段，下夹瓶儿希宠一段，又写王姑辞去一段，又夹写金莲妆丫环一段也。章法井井不紊。

未必写裁诸色衣服，照人双目，盖预联姻卖富贵地也。

第四十一回　两孩儿联姻共笑嬉　二佳人愤深同气苦

【总批】 上文生子后，至此方使金莲醋瓮开破泥头，瓶儿气包打开线口。盖金莲之刻薄尖酸，必如上文如许情节，自翡翠轩发源，一滴一点，以至于今，使瓶儿之心深惧，瓶儿之胆暗摄，方深深郁郁闷闷，守口如瓶，而不轻发一言以与之争。虽瓶儿天性温厚，亦积威于渐以致之也。

欲写金莲之妒，必写两孩儿联姻者，见瓶儿之诲妒者在官哥。乃不深自敛抑，戒惧以处此，两更卖弄板亲以起人妨。夫一孩儿，已日刺金莲之目，况两孩儿首！宜乎官哥不能与长姐并长年也，不死其子，金莲不恹其心矣。

襁褓连姻，世俗之非，却用玉楼数语道尽世情。信乎玉楼为作者自喻之人也。

第四十二回　逞豪华门前放烟火　赏元宵楼上醉花灯

【总批】 此回侈言西门之盛也，四架烟火，既云门前逞放，看官眼底，谁不谓好向西门庆门前看烟火也。看他偏藏过一架在狮子街，偏使门前三架毫无色相，止用棋童口中一点。而狮子街的一架，乃极力描写，遂使门前三架，不言俱出。此文字旁敲侧击之法。

门前烟火，却在狮子街写。月娘众妾看烟火，却挪在王六儿身上写。奇棋至此！

文字不肯于忙处不着闲笔衬，已比比然矣。今看其于闲处，却又必不肯徒以闲笔放过。如看灯，闲事也；写闹花灯，闲笔也。却即于此处出王三官。文字无一懈处可击。又善于掉空便入。便捷如此，真加并州快剪刀矣。

此回是描写豪华，恐无甚花样。故又用伯爵与二妓一派歇后语作生色花样，又一样章法也。

百忙里，又写桂姐、银儿吃醋，人情无微不到。

第四十三回 争宠爱金莲惹气 卖富贵吴月攀亲

【总批】 夫西门前得玉楼、瓶儿之财，虽为得财，却是色中之财。必用李智、黄四来一番描写动头，后又接入生涯，方是真正财来。故用伯爵，一如“十分光”中之王婆也。看其后一回，叫李、黄二人买礼作为，便知仿佛。

金莲于藏壶、联姻时受辱，西门怒骂，毫无一和缓，此回相争，此上数回，语多而辞缓，又是一样闲闹。盖上文心急口急，不暇择语，故不顾触西门之怒。此回虽是相争，却一味以势利言之。西门之所以骄人者，在此，故不觉听其言而笑也。描金莲正所以描西门，又不可不知。

必写乔五太太者，见西门以市井小人，一朝得志，便与大户联姻，犹心不足。不知彼皆皇亲国戚，视伊何啻鸠鷃之在蒿莱也。小人不知分量，十有八九。

写桂姐、银儿俱认干女，盖骂世人认假子者，为淫娼狗妓之流也。

看他一连写吴大妗子家一席女宴，接写请众官娘子一席女宴，又接写会亲一席女宴。重重叠叠，毫不犯手，直是史公复生。

才生子便失壶，才结姻便失金，西门乃以为脚硬，私心起而祸福迷。此所以前知必贵至诚也。

官哥生而加官，长姐媳而进财。以合看失壶、失金二事，又是祸福吉凶相为倚伏，不知又是绝妙章法。

篇末又将敬济等各人心事结果，于酒令中一描，不知是忙中闲笔，又是闲中忙笔也。妙甚！

李三而黄却四矣，春光已不知归于何处。还金，言虽有黄金，亦难买此春光。失金，又言失却黄金，犹自可之俗语也。

第四十四回 避马房侍女偷金 下象棋佳人消夜

【总批】夫藏壶与偷金，作遥对章法。下象棋与弹琵琶，又作遥对章法。自生子后至此，欲将生子加官后诸事一总，以便下二回卜龟儿，用第二番结束也。章法之整暇如此。

藏壶为玉箫事暗描，却是月娘不严之罪。偷金固是娇儿事，然夏花复留，使家法不行，众婢无所惩创，又是月娘引邪入宝之罪。盖夏花以桂姐留。桂姐，月娘收以为女儿者也，失复谁尤？况桂姐辈，月娘常劝西门远之者也。欲其夫远之，而却亲以为女，其何以相夫？故受桂姐之逆，而乃迁怒玳安，是亦福建子误我之意也欤？

写桂姐，分明其姑之婢，真赃实犯；犹有许多雌黄。

强口夺情，可畏如此！人情不肯自责，又如此。

金莲心事，每于愤怒处写之。瓶儿心事，既不一言，何由写出？故又借银姐下棋，将海枯石烂；天长地久，不言之恨，轻轻道出。文字之巧如此。

直至西门大哭之时，不象棋之恨方出。又至金莲撒泼之时，下象棋之恨又一出。赶至普净幻化，方冤仇如雪泼入汤内也。

第四十五回　应伯爵劝当铜锣　李瓶儿解衣银姐

【总批】 自黄四等还金后，至此文送桌面时，已隔无限文字，却倒序伯爵与黄、李二人赶到相会之说。似属脱节。上文，看他止用正值西门庆在前厅打发桌面一语接入，便使一枝笔如两边一齐写来，无一边少停一笔不写，文章双写之能，纯史公得意之法，被他学熟偷来也。

算利以金，是欲以金子动之地，即以金子转算又说之，是又以银子说之也。人情以贪而吞饵，伯爵岂能欺人哉？人自受欺耳。

一部内凡数书伯爵关目，如簪花饮酒等情，帮嫖追欢等事，皆是以色动人。后文“山洞”、“隔花”、“月儿”处等戏，又是因其喜怒而吮舔之。如此回劝当铜锣，方是特书以财而趋奉之也。究之其凡趋奉处皆以财，而此则以他人之财奉承之，以足李智、黄四之意。盖前此西门未提刑，可以嫖，则惟以嫖诱之；此后西门虽有时而嫖，然实不敢嫖，故以戏悦之。此回乃西门官兴正新，财念方浓之时，故即以财势鼓惑之，写趋附小人，真写尽了也。

内中一路写桂姐，有三官处清事如画。必如此隐隐约约，预藏许多情事，至后文一击，首尾皆动。此文字长蛇阵法也。

写银姐与瓶儿，一对于事干母子如画。月娘与桂姐，一对有心的，又如画。

月娘认桂姐，是初得官而心骄，不过悦桂姐之趋奉。瓶儿解衣，是即得宠而心悲，欲借银姐为消遣闷怀之人。故桂姐少拂月娘而即教，银儿至瓶儿死而终合也。世也居权贵以自骄，与同辈争荣宠者，其各趋附之儿，当亦如是也。

此处所当之锣，乃于瓶儿死同穴丧礼内映出，真令人热肠冰冷。

屏风者，瓶儿也。一般衣银姐，则为银瓶。故老冯之踪迹，与瓶儿疏而不合矣。李三、黄四还金日，已寓不久之意，至此，又一番透露瓶沉消息也。

第四十六回　元夜游行遇雪雨　妻妾戏笑卜龟儿

【总批】此回自吴神仙后又是一番结果也。二十九回以上虽讲财，却单讲色，四十六回以上至三十回以下，虽亦讲色，却单讲财。故王六儿财中之色也。

上半部凡言六月内事，接连两个人都在六月，如玉楼以六月娶，瓶儿亦以六月密切，应分明处却不分明的妙。此处言正月内事，接连自初九日写至十六日，一日有一日的事，却令人捱着，不觉其板重，不必分明处却甚分明。

玳安、小玉是一部结果，承继西门员外达之人也。此处以卜龟结束众人，却先点小玉、玳安之私，并以众丫鬟衬春梅之气骨。总是此回，乃结上起下之文也。要皮袄，乃月娘、金莲终离之由，却已于此处安根。必用皮袄，盖欲于后文回顾既死之瓶儿，又掩映方张之如意，总收入月娘、金莲文中。再从王六儿处插入申二姐，挽合春梅，总欲于此番一闹，将众人都合拢来，死者生者一齐开交，特与悲翠轩四人一合写作映，而已于此处安根。针钱之妙，乃在一皮袄，与金扇明珠一样章法也。

卜龟儿，止月娘、玉楼、瓶儿三人，而金莲之结果，却用自己说出，明明是其后事，一毫不差。而看者止见其闲话，又照管上文神仙之相，合成一片。至于春梅，乃用迎春等三人同时一衬。其独出之致，前程若龟鉴，文字变动之法如此。否则，一齐卜龟，不与神仙之相重复刺眼乎？

妙在吴神仙是相士之话，移此处不得。此处卜龟是卖卜、老妪之话，移彼处不得。

此处篇首，偏又找一烟火，文字周匝之甚。请四丫鬟不用王六儿，却用贲四嫂，百忙里又为贲四嫂安线也。

第四十七回　苗青贪财害主　西门枉法受赃

【总批】以上四十七回俱是接连而下，至此截住上文，另起头绪。写一苗员外与西门大官人作对，见苗员外以一刁氏而丧其事，况西门以如许妖孽随其左右，虽欲不亡，其可得乎？其不死于来旺、来爵之手者，有幸有不幸耳！

刁氏，苗员外妾也，且可以杀身，况非已所有而掘之乎？

写陈三、翁八之恶，衬起苗青；写苗青之恶，又衬起西门庆也。然而写王六儿、夏提刑等无非衬西门庆也。西门庆之恶十分满足，则蔡太师之恶不言而喻矣。

一路写乐三嫂、王六儿、玳安儿、乐三、西门庆、夏提刑、平安、书童、琴童各色人等，一时忙忙碌碌，俱为一死囚之苗青呼来喝去地使唤。甚矣！财之可畏如此。苗员外以财亡身，西门不以此为鉴戒，而尚贪其逆奴之赂，岂不计及来保等之观望乎？

第四十八回　弄私情戏赠一枝桃　走捷径探归七件事

【总批】平插曾公一人，特为后文宁巡按对照，且见西门之恶，纯是太师之恶也。夫太师之下，何止百千万西门，而一西门之恶已如此，其一太师之恶为何如也？

写王六儿得银如画，写夏提刑得财又如画。至写西门得多金，而不以为意，又衬西门平素之财也。

此回上坟，写西门传中一大总会。看他描写男客如许如许，又描写堂客如许如许，又写姬妾如许如许，特特为清明节寡妇下根种也。

内于西门祭祖文中，偏又夹写金莲、敬济一段文字。忙中闲笔，已屡言矣。然未如有此段文字丽极。

看他于一本章后接写七件事，一邪，一正，特特刺人眼中，分外令人发指也。

来保探事，亦可为能矣。不知特为后文背主负恩一回内，“势败奴欺主”五字，预先下转语。见势未败之先，皆是良臣，而人心之难测，有如此也！

写西门祭祖，是正文，却是旁文，写弄私情是旁文，又是正文。桃者，兆也，挑也，总是随处伏一挑剔至花园之调，方不突然也。

第四十九回　请巡按屈体求荣　遇胡僧现身施药

【总批】此回叙二巡按之荣，却都是求荣者之地步也。总为西门生色。闲中点缀董娇儿，又为桂儿、银儿等一衬也。

玉皇庙，诸人出身也。故瓶儿以玉皇庙邀子虚上会时出，金莲以玉皇庙玄坛座下之虎出，而春梅又以天福来送玉皇庙会分，月娘叫大丫头时出。然而，三人俱发源于玉皇庙也。至于永福寺，金莲埋于其中，春梅逢故主子其内，而月娘、孝哥俱于永福寺讨结果。独于瓶儿未有永福寺之瓜葛也。不知其于此回内，已为瓶儿结果于永福寺之因矣。何则？瓶儿病以梵僧药，药固用永福寺中求得，然而瓶儿独早结于永福寺矣。故玉皇庙、永福寺是一部大起结。

后半梵僧一篇文字，能句句以“现身”二字读之，方知其笔之妙也。

施药必现身者，见西门之死，全以此物之妄施故也。

第五十回　琴童潜听燕莺欢　玳安嬉游蝴蝶巷

【总批】文字至五十回已一半矣。看他于四十九回内，即安一梵僧施药，盖为死瓶儿、西门之根。而必于诸人中先死二人者，见瓶之罄矣，凡百骸四肢，其能免乎？故前五十回，渐渐热出来；此后五十四，又渐渐冷将去，而于上四十九回插入，却于此回特为玳安一描生面，特特为一百回对照也。不然作得有此闲笔，为玳安叙家常乎？

此回特写王六儿与瓶儿试药起，盖为瓶儿伏病死之由，亦为西门伏死于王六儿之由也。恐再着金莲，一回中难写，故接手又写下一回品玉之金莲也。文字用意之处，井井如此。而人不看，奈何奈何！

瓶儿之死，伏于试药，不知官哥之死，亦伏于此。看其特特将搏浪鼓一点，而后文暑物之哭，遥遥相照矣。夫搏浪鼓一戏物耳，一见而官哥生矣，再现而官哥不保矣。至睹物之哭，乃一点前数回之金针结穴耳。其细密如此。

此回入一薛姑子，见万奔中有雪来说法，其凋零之象不言可知。故此回又借薛姑子全收拾杏梅等一切春色，而薛姑子特于梵僧相对也。信乎！此回文字乃作者欲收拾以上笔墨，作下五十回结果之计也。上五十回是因，下五十回是果。

上文特起：一苗员外之因，何也？盖以前西门诸恶皆是贪色，而财字上的恶尚未十分。惟有苗青一事，则贪财之恶，与毒武大、死子虚等矣。而来保、韩道国自苗青处来，拐财同去，真是一线不差。天理不爽如此！

篇末又为孝哥作引。写得如此行径，月娘之丑之恶，已尽情不堪矣。

第五十一回　打猫儿金莲品玉　斗叶子敬济输金

【总批】此回总写金莲之妒之淫之邪，乃夹一李桂姐、王三官之事，又夹一王姑子、薛姑子之事，便使一片邪淫世界，十分满足。又见金莲之行，实伯仲桂姐，而二尼之淫，又深罪月娘也。

此回章法，全是相映。如品玉之先，金莲起身来，为月娘所讥；后文斗叶之先，金莲起身又为月娘所讥是也。品玉时，以春梅代脱衣始，以春梅代穿衣结；斗叶子，以瓶儿同出仪门始，以同瓶儿回房结；又是两两相映。黄、安二主事来拜是实，宋御史送礼是虚，又两两相映也。

此书至五十回以后，便一节节冷了去。今看他此回，先把后五十回冷局的大头绪一一题清。如开首金莲两舌，伏后文官哥、瓶儿之死；李三、黄四谆谆借账，伏后文赖账之由；李桂姐伏王三官、林太大；来保、王六儿饮酒一段，伏后文二人结亲，拐财背主之故；郁大姐伏申二姐；品玉伏西门之死；而斗叶子伏敬济之飘零；二尼讲经，伏孝哥之幻化。盖此一回，又后五十回之枢纽也。

梵僧为诸淫妇而现身，乃王六儿先试，瓶儿次之，金莲又次之，玉楼、月娘又次之。然则春梅独遗宠爱乎？不知于金莲未试之先，已先写了春梅也。夫必写梵僧者，非此不能死西门也。必写金、瓶、梅之试之者，所以极其恶也。而王六儿独占头筹者，又为贪欲丧命地也。

桂姐必写其私接王三官，所以刺西门之愚也。必写为之东京求情，盖为上寿之引线也。夫东京上寿，必用桂姐引者，所以点明桂姐一段公案也。何则？盖桂姐，西门、月娘之干女也。作者本意写一趋炎认女之桂姐，盖特特为趋炎认子之人写照也。趋炎认子，西门之于蔡京，固此类也。以类引类，必用桂姐，而为女为子之间，亦大可耻矣。况乎王三官，又西门后日之假子也。以三官之假子，配桂姐之干女，又假兄妹于手足也。乃假子终奸干父之干女而不知悔，干父且奸干子之亲娘而不知非，身以淫娼浪子为假子女而不羞，已且辱身败行，又假子于人，而恐不得。其狗彘之行，臭味本自相投，故此回必写桂姐，为下文东京假子之引，而上文必写桂姐之趋炎认女也。

上一回写瓶儿试药，为后文病源，此文又能于百忙中金莲品玉内写一打猫，为官哥死案。文字精细之针线如此。

写一薛姑子，见得雪月落于空寂，而又一片冷局才动头也。

第五十二回 应伯爵山洞戏春娇
潘金莲花园调爱婿

【总批】 篇首又找金莲“后庭花”一事，特特与王六儿一扭同心，见二人同恶共济，以结此梵僧药之案，为后文同时死西门之地也。

桂姐自丁二官之后，西门久已疏淡。乃近复渐渐热落者，干女之故。则月娘不能相夫远色亲贤，甘于自引匪类入室，其罪何如！而西门为色所迷，明明看破虚假，却不能跳出圈套，故用伯爵之戏，以点醒西门之心也。

伯爵数回说明桂姐之于三官，而西门乃即有山洞之淫，是其愚而不断，且自喜梵僧之药，欲卖弄精神，亦非有意于桂姐也。夫人之精神，值得几番卖弄哉！故沿至后文惊爱月等事，皆一层层写入死地也。

为结文幻化写一孝哥，为孝哥写一薛姑子。用笔深细，固不必说。至于为一壬子，却写一庚戌日；为一庚戌日，却写一官哥剃头；又先写一西门修养，后又赔写一廿四日。总之文字不肯直直便出，使人看出也。

西门吃梵僧药而死其身，月娘服薛姑子药而亡其嗣。两两相对，真正一对愚人。

上回品玉写一猫，此回又写一猫。上文犹是点明雪贼，此回却明明写猫惊官哥。盖为后文作引：一伏金莲之深心，一见瓶儿之不能防微杜渐也。

金莲之于敬济，自见娇娘后，而元夜一戏，得金莲一戏，罚唱一戏，至此斗叶子一戏，乃于买汗巾串入花园之戏，方讨结煞。一见西门之疏，一见二人之渐。而处处写月娘，又深罪月娘也。

王婆于金莲袖内掏出汗巾，为西门作合。今敬济亦以汗巾作合，一丝不爽。

第五十三回　潘金莲惊散幽欢　吴月娘拜求子息

【**总批**】至此回，方写金莲、敬济二人得手，而得手却在卷棚内，且惊散之后，又用西门摸着。总写西门之疏略，而又描金莲之惊魂也。

月娘求子，盖正对“扫雪”一回也。夫雪夜求子，明是怨愤，而借求子作勾挑之讨，所以牢笼其夫。此回求子，方是真正求子也。然总与西门无相关涉，写尽继室之假，而观后“撒泼”一回，则求子又明是挟制之媒。

写孝哥来历，却详细如此。一者见名分之正，不似瓶儿；二者欲为幻化地，不得不为薛姑子药地。

扫雪烹茶，由寒而渐暖也。因雪结胎，由热而归于冷也。且雪胎能无幻化乎？

孝哥胎而官哥病，结果之人出，而冤孽之人该算账矣。又官哥，子虚转世也；孝哥，西门转世也。本性一回头，冤孽已不住。然则暗中棒喝，明明示人，又此书之本意也。

写王姑子念经者，又为月娘、薛姑子一映，见月娘误于雪而空，瓶儿迷于色而忘也。

第五十四回　应伯爵隔花戏金钏　任医官垂帐诊瓶儿

【总批】此回俱是下文引子。盖伯爵戏金钏，明言遗簪坠珥，俱是相思隔花金串，行当入他人之手，是瓶儿未死，已先为金梅散去一影。然瓶儿一死，亦未尝不有“隔花人远天涯近”意。是此一回既影瓶儿死，复遥影莲摧梅谢。

若任医官，又为官哥作衬。见官哥不死，瓶儿尚可依。官哥死而瓶儿必死，子虚之灵不爽矣。

写王姑子处修经，一缴玉皇庙，一起永福寺，一衬西门、月娘、瓶儿之愚也。

花园中一令，明说西门豪华不久，如世所云风花雪月者也。而诸笑谈，又明说西门之得以肆其恶者，以有钱耳，总为财字一哭也。

写敬济、金莲一惊，盖为二人留地步也。夫不惊走，势必常寻闲空，而心胆一放，墙壁难瞒，敬济不能居于西门家矣。故用一惊顿住，留至西门一死，即接写售色东床，又不费手，又有地步也。且因此可悟私琴童一回之文矣。欲为金莲私婿不露马脚于西门生时，必先写私仆露马脚于金莲一来时，见金莲惩此一辱，便不敢十分放胆，必俟西门死，月娘烧香去，方败露尽情也。故写琴童特为敬济地耳。盖当落想时。不写敬济、金莲得手于西门在日，不足以形其奸。乃写其得手，而雪娥、娇儿在侧虎视，何以不败露？一败露，而敬济能不作琴童之续乎？故用先写一琴童，以厌足娇儿、雪娥之心，以暗惊金莲之胆；又写一理星，以迷西门之魄；又写一惠莲，以灭雪娥之口；一春梅骂李铭，以杜娇儿之谗；又写月娘，随处开端托大；然后敬济、金莲得终西门之身而不败。夫敬济不败，方可至西门死后细细抽笔，单单写之也。文字用地步如此，人乌知之！

又韩金钏，韩者寒也，已是冷信特特透露，接写至爱月，乃岁晚寒深，温气全无矣，是又；千可不知。

第五十五回　西门庆两番庆寿旦　苗员外一诺送歌童

【总批】 此回方正写大师之恶与趋奉之耻，为世人一哭也。写桂姐假女之事方完，而西门假子之事乃出，递映丑绝。吾不知作者有何深恶于太师之假子，而作此以丑其人，下同娼妓之流也。文笔亦太刻矣。

于见太师时夹写一苗员外，一时便写为假子者，千百不止也。总是丑诋之辞。必云扬州苗员外，所以刺西门之心也。

赠歌童者，所重在春鸿、春燕四字也。言你正在胜时，岂知秋去春采，又有别人家一番豪华。旧日韶光易老，甚勿昧昧，及早回头，犹恐不及也。乃西门不悟，必至死而方休，为后人之所深悲，比比然也，又不特西门一人而已。

写富贵必写至相府之富贵，方使西门等员外家，市井气不言而出。

送鸿迎燕，必接写在“隔花”一戏之后，正见上回为透露冷字消息，此乃用送鸿迎燕四字，以点其睛，示炎热有限，繁华不久也。

第五十六回　西门庆捐金助朋友　常峙节得钞傲妻儿

【总批】此回是“财”字一篇小结束。盖梵僧药以后，乃极力写色的厉害。此又写财的厉害，为“酒肉朋友、柴米夫妻”八字同声一哭也。

西门捐金，人言彼不得朋友之报。不知其盗子虚之物为捐金之费，比盗贼得乎人财物而施人者，更加一等罪恶。盖我既盗朋友之财，何责朋友之负我哉！

二目已做完，又接叙水秀才一段。盖水乃冷物。今欲写西门氏冷落于七十九回后，而不露冷信于前数十回之前，不特无以劝惩，亦何以为之文字哉：然既写一水秀才来，则正炎热时，何以入此冷姓？而水秀才一来，文字亦必冷尽矣。故先提明水秀才，乃闲闲说出，又轻轻抹去，重复写一“温”字出来。言此时冷虽未冷，热已不热，惟此尸居余气，以旦夕待死耳。故隔花一戏，借韩金训透出“寒”字，又借春鸿留，春燕死，透出春去秋深。此又以水、温二秀才，言不热之，渐将冷之，几层层文字，固自做开卷“冷、热”二字。非女个有西门氏请代笔先生也。至后温秀才去，而聂两湖代写轴文，已隐一冷水于内。故带水战冷已极矣。而西门死，伯爵祭文，方用水秀才。水字为冷，岂不盖信。

第五十七回　开缘簿千金喜舍　戏雕栏一笑回嗔

【总批】此回单为永福寺作也。何则？永福寺，金、瓶、梅归根之所。不写为守备香火，则金莲亦不能葬此，春梅亦不来此。使止写守备香火，而西门无因，不几无因，而果顾客失主乎？故用千金喜舍，总为后文众人俱归于此也。

如瓶儿死于梵僧药，而药由永福寺。金莲、敬济葬于寺中，春梅逢月娘于寺内，而玉楼又因永福寺见李衙内。是众人齐归于此，实同散于此也。安得不特特写一重修之千金，出于西门氏乎！

接写二尼印经，相映成趣。见不反本笃家，重伦好礼，虽千金之施，何益身命？止足为败亡之因。且岂但千金无益，即再舍些，亦不过如此而已，点醒世人无限。笑回嗔，盖顺笔照管金莲、敬济初得手情事，又点明不能放胆，以为西门死后地步也。文字点染之妙如此。

写金莲、敬济情事，早于永福寺化缘之后，见金莲不知死也。

第五十八回　潘金莲打狗伤人　孟玉楼周贫磨镜

【总批】此回将雪娥一点者何也？盖永福寺已修整，众人将去，而群芳未凋，必寒信先至。故雪娥一夜西风，而莲李杏梅皆有寒色矣。

林太太，因月儿之荐也。故才写月儿，必云在招宣府中供唱来。

写爱月儿不言语者，见月儿适才受辱，全已归恨桂姐，故后日思所以陷桂姐者，不一而足也。文心深细如此。

打狗伤人，其恶固云妒瓶儿矣，乃并伤及其母，宜乎其死比瓶儿更惨也。至于磨镜。非玉楼之文，乃特特使一老年无依之人说其子之不孝，说其为父母之有愁莫诉处，直刺金莲之心，以为不孝者警也。我固云作者以玉楼衬金莲，至此益信。看其拿姥姥送来小米与磨镜者，其于姥姥之年老心酸肉痛无复依倚者，能不刺人心怀乎？甚矣！金莲之可杀，而凡不孝如金莲者，又皆可杀也。

必云磨镜者，盖欲金莲磨其恶念以存本心。而镜者，又以此镜彼，欲其以磨镜之老人，而回鉴其母之苦情如一体而不异也。惊闺叶底，不一思量，尚能容于天地间乎？武二哥之刃，靡砺以须者久矣。

玉楼，此书借以作结之人也。周贫磨镜，所以劝孝也。以此点醒“孝”字之意，以便结入幻化之孝也。千里结穴，谁其知之？

观磨镜文字，作者必有风水深悲，自为苦孝之人，而作此一回苦语，直结入一百回，孝哥幻化，总是此生此世，不能一伸其志于亲，为无可奈何之血泪也。

第五十九回　西门庆露阳惊爱月　李瓶儿睹物哭官哥

【总批】夫官哥死，而瓶儿死，瓶儿死而西门亦死，故访爱月见西门之岁月有限也。月娘生于八月十五日，过十五则缺矣。今爱月姓郑，犹云正爱好月，又早过十五日也。豪华易老，日月如流，歌舞场中，不堪回首，奈何，奈何！

上文一路写官哥小胆，写猫，至此方一笔结出官哥之死，固是十二分精细。乃于官哥临死时，写梦子虚云“你如何盗我财物与西门庆，我如今告你去也”二句，明是子虚转化官哥，以为瓶儿孽死之由，以与西门索债之地。二句道尽，遂使推换猫上墙，打狗关门，早为今日打狗伤人，猫惊官哥之因，一丝不差。甚矣！作者之笔，真有疏而不漏之至理存乎其中，殆夺天工之巧者乎！然后知其以前瓶儿打狗唤猫，后金莲打狗养猫，特特照应，使看者知官哥即子虚之化身也。

千金之舍，为官哥也。玉皇庙之谶，为官哥也。王姑子家之经，为官哥也。贲四所印岳庙所舍之经，为官哥也。子虚之账，已勾消一半。至于瓶儿之死，为官哥也。然则瓶儿死后之费，亦在官哥账上算，实在子虚账上算也。墙头之物，能存几何哉！至苗青之物，以王六儿处来，即以韩道国去，且加两倍之利。玉楼之物，得之杨家，失于李氏，屈指算去，不差一丝。人亦何乐而贪人之财也哉！其如不省何！

何以知官哥为子虚化身也？梦子虚云："如今我告你去也。"夫子虚已死数年，而何以不告，且必云"如今我告你去"？"如今"二字，见以先我已来讨债。作孽至如今，债已将完，孽已将成，止用一告，便来捉淫妇奸夫也，明明在此。而自有《金瓶》以来，能看而悟其意者谁子？今日彼我抉其隐而发之也。

第六十回 李瓶儿病缠死孽 西门庆官作生涯

【总批】 此回小小一篇文字，见色欲有悲伤之时，钱财无止足之处，为世人涕泪相告也。

瓶儿之病，因官哥，本因子虚。乃官哥未死，子虚不来，是官哥即子虚；官哥既死，子虚频来，是子虚即官哥。而必写官哥在子虚怀中者，正子虚所以缠瓶儿之处，而瓶儿缠孽之因也。或人必执官哥在子虚怀中，疑为子虚乎？彼乌知着相受迷之故，而自己先着相受迷也。

官作生涯，见西门一片市井，全不改悔也。又为临死算本之时，预开账簿也。

此回文字开手将题面两事轻轻叙完。下文接以一酒令，总结金、瓶、梅三人，并玉楼，并爱姐、月娘，已为后文一番结束。

上映吴神仙以及卜龟等文字也。且更以二《清江引》为月儿作衬。而第一个又为金莲、敬济一引，“赶他去别处飞”，又为春梅地也。故此回是过节，文中却插入关锁，文字神妙之至。

第六十一回　西门庆乘醉烧阴户　李瓶儿带病宴重阳

【总批】夫下一回瓶儿方死，此回宴重阳，乃不起之信也。然先陪写一烧阴户，且夹写一金莲之淫，是未写瓶儿之死机，先已写西门之死机也。何则？西门死时，自王六儿家来，以及潘六儿继之方死，今自王六儿家来，潘六人继之，已明明前后对照，岂非死机已伏？故于伏西门死机之时，即夹写春梅发动之机。盖春梅别茂，而西门已冷落于夕阳衰草矣。何以见春梅发动之机？日以申二姐见之。盖春梅，固庞二姐也。二姐者，二为少阴，六为老阴，明对六儿而名之也。然郁二姐者，郁结其气于莲开之时也。今西门冷落已来，瓶罄花残，其久郁之二姐，已将伸其志矣。故用入申二姐后文骂之，正所以一吐从前之郁。夫至春梅之气尽吐，将又别换一番韶华，而去日之春光，能不尽付东流乎？故西门亦随之而死，莲、杏亦因之而散也。然插此意于瓶儿未死之先，真是龙门再世。

欲写瓶儿之病，不能畅其笔意，则用写医至再至三，其讲病源，论药方，一时匆匆景象，则瓶儿之病不言而自见。若入俗手，一篇如何病重，的的剥剥，到底写不出也。

写算命起数，固见忙迫光景，又为冰鉴、卜龟作照也。

瓶儿本是花瓶，止为西门是生药铺中人，遂成药瓶。而因之竹山亦以药投之，今又聚胡、赵、何、任诸人之药入内，宜乎丧身黄土，不能与诸花作缘也。故以诸医人相乱成趣。

第六十二回　潘道士法遣黄巾士　西门庆大哭李瓶儿

【总批】 此回文字，最是难写。题虽两句，却是一串的事。故此回乃是一笔写去，内却前前后后穿针递线，一丝不苟。真是龙门一手出来，不敢曰又一龙门也。

如写瓶儿，写西门，写伯爵，写潘道士，写吴银儿、王姑子，写冯妈妈，写如意儿，写花子由，其一时或闲笔插入，或忙笔正写，或关切或不关切，疏略浅深，一时皆见。至于瓶儿遗嘱，又是王姑子、如意、迎春、绣春、老冯、月娘、西门、娇儿、玉楼、金莲、雪娥，不漏一人，而浅深恩怨皆出。其诸人之亲疏厚薄浅深，感触心事，又一笔不苟，层层描出。文至此亦可云至矣。看他偏有余力，又接手写其死后“西门大哭”一篇。且偏更于其本命灯绝后，预先写其一番哭注，不特瓶儿、西门哭，直写至西门与月娘哭，岂不大奇？至其一死，独写西门一人大哭，真声泪俱出。又写月娘之哭，又写众人之哭，又接写西门之再哭，又接写月娘之不哭，又接写西门之前厅哭，又写哭了又哭，然后将“鸡就叫了”一句顿住，便使一时半夜人死喧闹，以及各人言语心事，并各人所做之事，一毫不差，历历如真有其事。即真事令一人提笔记之，亦不能全者，乃又曲曲折折，拉拉杂杂，无不写之。我已为至矣尽矣，其才亦应少竭矣，乃偏又接写请栋先生，报花子由，报诸亲；又写黑书；又写取布搭棚，请画师，且夹写玳安哭，又夹写西门再哭，月娘恼，玉楼疏，金莲畅快；又接写伯爵做梦，咂嘴跌脚；再接写西门哭，伯爵劝，一篇文字方完。我亦并不知作者是神王，是鬼斧，但见其二段中，如千人万马，却一步不乱。读此一回，谓世间有一史公生在汉世，吾不信也。

西门是痛，月娘是假，玉楼是淡，金莲是快。故西门之言，月娘便恼；西门之哭，玉楼不见；金莲之言，西门发怒也。情事如画。

伯爵梦簪折，西门亦梦簪折，盖言瓶坠也。点题之妙，如此生动，谁能如此？

第六十三回　韩画士传真作遗爱　西门庆观戏动深悲

【总批】这篇文字，特特为丑西门无耻与一班无耻逐臭者，然却又是一篇一气承上起下的文字。

传真、观戏，特特相对，盖为一百回地也。夫人死而日真，假中之真。何以谓之真，乃必传之？瓶儿之生，何莫非戏？乃于戏中动悲，其痴情缠绵，即至再世，犹必沉沦海。故必幻化，方可了此一段淫邪公案也。

写月娘叫敬济来家吃饭，虽闲闲一语，却写尽敬济在西门家，无人防微杜渐，日深其奸，与众妇女熟滑，而虽有金莲之私，无一人疑而指之也。看文当于闲处，信然，信然！

篇内几段文字：自首至吃饭收家伙，是一段上回余文也。来保请画师来，至小童拿插屏出门，是一段正文。乔大户看木头，至合家大小哭了一场，是一段小殓文字。自来兴买冥衣等件，至打银爵，是设灵一段。自与伯爵定丧礼，至各遵守去讫，是派人一段。自皇庄内相送竹木，至七间榜棚，是搭棚一段。请报恩寺僧是念经，每日两个茶酒是开丧，自为两小段。白花大舅去，至春鸿两个服侍，是下半日一段。自天明梳洗，至第二日清晨，为一段。夏提刑来是一段。吴银儿是一段。到三日念经一段。吊孝一段。大殓一段。题主一段。众人上纸一段。插入桂姐，首七和尚念经一段。插入吴道官送影来一段。年间众人上祭一段。过入观戏之脉，胡府尹上祭一段。郑月儿一段。晚夕众人伴宿，正说观戏至末是一段。虽插三妓，然总是一段文字也。试看他于瓶儿一七曲曲写来，无事不备，无人不来，总为西门一死，详略之间，特特作照。此回犹是第一热闹文字，不是冷局也。

观戏写春梅出色，写西门是正意，写金莲是畅意。写春梅盖为玉箫模神，非如别回写春梅；写金莲盖为如意露线，非如别回写金莲也。

戏中乃因寄丹青而悲，然则一线穿却，言其真如戏也。

必用《玉箫女两世姻缘记》，胡言玉箫之所以有此人，特为春梅而设也。何则？开卷出春梅，则以玉箫为大丫头而出之。至前出春梅，必云一玉箫，一春梅。后文护短撒泼，必云玉箫过舌。然则吹放江梅者，玉箫也。吹散江梅者，亦玉箫也。至于书童，瓶儿生子始来，瓶儿一死即去，始终平瓶儿者，非书童之始终平瓶儿，乃玉箫合书童而始终乎瓶儿也。盖言箫与书合，为萧疏之风。瓶坠簪折，花事零落，东风恩怨，总不分明。故此回写西门悲，而下回即云“私挂一帆风”。

篇内写花子由夫妻重孝，直是没理到极处，却是遥照武松。至于子由叫姐夫，更奇。

先写银儿，再写桂儿，再写月儿，此处将三人一总。

瓶儿，妾也。一路写其奢僭之法，全无月娘，写尽市井无礼之态。

玉箫、小玉，皆月娘婢也。而月娘皆不能防闲，令其有私。月娘之为人可知，作者之罪月娘亦可知。

上祭者，吴大舅、刘学官、花千户、段亲家，相连成文，言如此行丧礼，目无月娘也，留与人学说谈论也，花费了西门庆也，断绝了以前所攀之亲家也。闲笔成趣。《玉箫记》，却用个玉推玉萧，一笔作两笔用，总罪月坦也。

看戏既写众男客，又写众女客，总为西门死作衬。总是热闹，不是冷淡，又与生子后上坟文中遥对。

第六十四回 玉箫跪受三章约 书童私挂一帆风

【总批】人知春梅为四女乐中第一人，不知作者已先极力描写一玉箫也。盖瓶者，养花之物；而箫者歌舞之器，悲欢皆可寄情于中。故生子加官，必写玉箫失壶，而私书童于此起，盖藏淫佚之调于箫中欢也。瓶儿一死，即使奸情败露，书童远去，是藏离别之调于箫中悲也。此是作者特以箫声之悲欢离合，写银瓶之存亡，为一部大关目处也。

玉箫必随月娘，是作者特诛月娘闺范不严，无端透露春消息，以致有金莲、敬济、雪娥等事，故以玉萧安放月娘房中，深罪月娘也。

“三章约”者，了［乃］作者自言此后半部，皆散场之词，所为离歌三叠，而烟水茫茫云者，正渭城之景也。夫极力写金、瓶、梅三人，今死其一矣，已后自然一一散去，不再出一笔写其合聚来也。故此处以五箫“三章约”一点明之。

瓶儿死而书童去，春鸿去而春梅别，两两相映。盖送归鸿而为梅开之候，瓶儿坠而琴书冷矣。故瓶儿与书童一时并宠，而藏壶必用琴童也。

玉箫入金莲手中，虽为梅开之兆，然试以金莲所品之名思之，又月娘之所必争者也。故后文撒泼，以玉箫话起。

月下吹箫，玉楼人悄，莲漏频催，春梅映雪。一瓶春酒已罄，此时此际，琴书在侧，不忍作送鸿迎燕之句，真大难为情，故用作书以消遣也，此又作者之心。

篇内接叙二大监讲朝政，盖为下文引见朝房地也。

第六十五回　愿同穴一时丧礼盛
守孤灵半夜口脂香

【**总批**】瓶儿死于九月十七，西门死于正月廿一，屈指才三月，子虚亦灵矣。后文看其明明一日日叙去，便又有如许文字，而又止是三月中的事，一丝不紊。

此回自二七做起，乃是吴道官念经，一结玉皇庙。

此回插孟锐，总是忙忙写分散之局，故早伏后线也。

黄宋为井市小人之妾上纸，其卑污不必言矣。然丧写请黄太尉，盖为后文引见而言也。夫引见朝房，又为一百回逃难避兵而言也。总是匆匆欲结，又不能匆匆即结。文字有一定起结如此，而不尽尔也。瓶儿死，春梅未即出头，固应写金莲结果。今看他不写金莲结果，先找足金莲出身。夫金莲出身者，王招宣府中婢也。欲恶招宣，必恶其妻子。使其子若贤，必能化其母；然使其媳若贤，亦必能劝其子。今欲写招宣之妻子不贤，而不先写其媳之父亦属权奸，则招宣之妻子固应为金莲受报，而其媳又何辜受招宣妻子之累哉？故必先写六黄太尉误国殃民如此，言其女应如此报，而不受污西门，亦天幸耳。作者恶金莲并及其出身固矣，乃并及其出身处之人之媳，则恶金莲为何如哉！

丧礼盛，看他先写破土，又写请地邻，乃写十一日辞灵，又写发引。至于发引，看他写看家者，写摆对者，写照管社火者，写收祭者，写送殡者，写车马，写轿，写起棺，写摔盆，写社火，写看者，写悬真，写山头，写在坟前等者，写点主，写回灵，写安灵，许多曲曲折折，总为西门一死对照。然却一语过到守灵，不知不觉，真神化之笔也。

如意儿者，如意原为插瓶之物，今瓶坠而如意存，故必特笔写之，写如意所以写已死之瓶儿也。况瓶儿已死，即西门意中人，而奶子如之，所为如意儿也。总之为金莲作对，以便写其妒宠争妍之态也。故惠莲在先，如意儿在后，总随瓶儿与之抗衡，以写金莲之妒也。

如要狮子必抛一（球）、身（射）箭必立一的，欲写金莲而不写一与之争宠之人，将何以写金莲？故惠莲、瓶儿、如意，皆欲写金莲之（球）、之的也。

第六十六回 翟管家寄书致赙 黄真人发牒荐亡

【总批】此回写瓶儿一梦也，乃胡知府、周守备、荆都监以下武官，李知县以下文官，又宋御史、黄主事、安郎中、翟管家，色色皆来，特与西门一死相映。夫瓶儿与西门之死不阅三月，而冷暖如此，写得世情活现。

写黄真人者，盖深恶金莲也。写恶如瓶儿犹可忏悔，非如金莲之不能超脱也。

翟谦寄书云杨提督卒于狱，盖结西门之豪华也。何则？西门之通蔡京，以陈洪与杨家亲也。今杨提督死，而西门无所事恃矣。况杨提督被劾，而瓶儿别嫁，今瓶儿死，而杨提督亦死，又是一大章法。

上回既出力写瓶儿一死，使此回即接手写别真，不特情事突然，而上文亦俱属定之无益，何则？盖瓶儿之死，非一朝一夕可以结过不提之人、之事、之文字也。

然则此回如何重新复做瓶儿之死，看他用某人祭、某人吊，并黄真人如何发牒、如何做法事，总是一篇敷衍文字，故不嫌层层描写也。

第六十七回　西门庆书房赏雪　李瓶儿梦诉幽情

【总批】 月娘扫雪，至此又写赏雪。夫前雪为春前之雪，一层层热了来。此回为腊底之雪，一层层冷了去也。因写诸花，固用雪为起结。

瓶儿初来，月娘扫雪；瓶儿一死，西门赏雪：特特相映。忽插爱月，又为“踏雪访”相映也。夫爱月必踏雪访，盖言冷将至也。雪月下无他花，惟待春梅矣。

接言黄四，盖为后爱月家楔子也。爱月儿，又为王招宣林氏楔子也。林氏，又为金莲故也。总是金莲一人文字。

篇内借行酒令，明明点出扫雪前文。观伯爵云“头里小雪，后来大雪”可见。

此回瓶儿之梦，非结瓶儿，盖预报西门之死也。至何家托梦，方结瓶儿。

篇内写金莲戴金赤虎分心，盖特为瓶儿初来一照；而“情感”一回后接云“打金满池娇九凤甸儿”，盖已为此回瓶儿梦中初醒之金莲作地。其笔力之强健为何如?

伯爵生儿，特刺西门之心，又为孝哥作映也。

叙孟二舅，人知伏脉，接叙敬济陪坐，乃所以伏脉也，人乌知之？至于问孟锐年纪，却是为玉楼点睛。人又乌得知之？盖言玉楼正当时，而非将残之杏，为嫁衙灯作地也。

篇末将玉皇庙、报恩寺、永福寺一总。夫玉皇庙，皆起手处也；永福寺，皆结果处也；至报恩寺，乃武大、子虚、瓶儿念经之所。故于此一结之。是故报恩者，孝字也。惟孝可以化孽，故诸人烧灵，必用报恩寺，而结以孝可幻化，然则报恩寺，又是玉楼、孝哥二人发源结果之所也。

第六十八回 应伯爵戏衔玉臂 玳安儿密访蜂媒

【总批】此回特写爱月，却特与桂姐相映，见此时有月无花，一片寒冷天气也。始郑鸨出迎，何异李鸨；爱香出迎，何异李桂卿。伯爵帮衬，不减昔日李家之伯爵；此日之架儿，犹是昔日之踢行头者，盖写一月姐，又特特与桂姐相犯也。

桂姐后有瓶儿之约，月姐后有林氏之欢，又遥遥相映。

王姑子与薛姑子一嚷，则上文印经、遗嘱、念经、月娘与金莲前后吃符药，一总结住，下抽笔单写金莲，为壬子日相争之线也。然则二尼，又起衅之由欤！

前后回内，凡写黄、安诸人来拜，必用西门赴席时夹写。盖诸人来拜，无非衬西门之热，即几回内烦摆酒，亦无非衬西门之趋奉，非意在诸人也。意不在之人，而必写之，见用为衬叠花样之人，故不妨夹写，然必夹写，乃能衬出也。

桂姐文中，踢行头何等热闹。架儿等人，此回却用一喝即散，盖月儿此回过线，下文即拿聂越儿等人也。

月儿与银姐合伙，而伯爵一戏，即用葵轩数语点明一部内写诸娼妓之故，盖辱西门庆、月娘与娼妓、鸨儿、忘八，皆声应气求也。

伯爵戏衔玉臂，与出洞一戏，遥遥相映，却自是两样心事。桂姐愈见其疏，月儿愈见其密也。

桂姐家必着丫头看西门出院，恐往吴银儿家去，月儿亦必叫郑春送西门到家，两两遥对。益信此文与桂姐相犯，盖月姐亦恐到银儿家也。

桂姐为月娘之女，月下桂也。今月儿夺桂儿之宠，引林氏之媒，明言桂已飘零，月非秋月。盖雪后之明蟾，独照空林，大是凄切之情。

玳安儿，蝶使也。于蝴蝶巷一映出，于此处访蜂媒，又一映出也。

第六十九回 招宣府初调林太太 丽春院惊走王三官

【总批】此回特与金莲出身处说报应，则西门之因果不问可知矣。

夫李桂儿，西门之表子也。乃王三官私之，其气固不必言。今忽得一人指引，即无林氏，已有差人拿访之势，况乎林氏嘱之，为一举而两得乎？此西门一生快意事也。夫快意至此，其为愿已足，宜乎死期迫之矣。末找伯爵，又为十弟兄一描。

林太太之败坏家风，乃一入门一对联写出之，真是一针见血之笔。

月儿宠而李桂姐疏，又遥与瓶儿、金莲相映。

林氏以告引诱三官之人为由，以通西门，然则三官卖了母，林氏又卖了子也。西门之假子，自应此等人做。

西门通林氏，使不先压倒王三官，则必不能再调，且必不能林氏请过去，西门请过来。今看他止借林氏借话，便一过入王三官求情，则三官不折自倒，而一任林氏与西门停眠整宿矣。齐家必先修身，信然！

末写与桂姐疏谈，却是月儿告西门庆引入林氏之本意，西门在其居中矣。

第七十回 老太监引酌朝房 二提刑庭参太尉

【总批】甚矣！夫作书者必大不得于时势，方作寓言以垂世。今止言一家，不及天下国家，何以见怨之深，而不能忘哉！故此回历叙运艮峰之赏，无谓诸奸臣之贪位慕禄，以一发胸中之恨也。

又入何太监。何永寿，见何者不可苟延岁月，而必以财色速之也。夏延龄、何永寿，又特为西门下针砭也。夏延龄，实始终金莲者也。盖言莲茂于夏，而龙溪有水，可以栽莲，今夏已去而河空流。虽故址犹存，韶光不是，眼见芳菲全歇，惟残枝败叶，摇漾秋风，支持霜雪耳。故贲四嫂必姓叶，而带水以战情郎。且东京一回之后，惟“踏雪访月”，而叶落空林，景物萧条，是又有贲四嫂、林太太等事也。此处于瓶儿新死，即写夏大人之去，言金莲之不久也。用笔如此，早瞒过千古看官。我今日观之，乃知是一部《群芳谱》之寓言耳。

接连二本，又与曾御史、与蔡京本相映。

太监引酌，又几平排挤翟管家矣。看其用笔处自见。

此回写一太尉，夹叙众官，止觉金貂满纸，却不一犯手重复，又止觉满纸奸险，不堪入目之态。宋末固应如此。写出太尉独谢何永寿之礼，则太监之势可知，则西门附太监之荣又可知。总是以客形主也。

写西门自加官至此，深浅皆见，又热闹已极。盖市井至此，其福已不足当之矣。

此回写诸官员，真有花团锦簇之妙。

第七十一回 李瓶儿何家托梦 提刑官引奏朝仪

【总批】此回托梦，方结住瓶儿。下回虽时复照应瓶儿，乃是点染，非真结也。此回瓶儿已结，看其写袁指挥家便见。

篇末写风。夫前酒令内写风花雪月，但上半部写花，写月，写雪，并未写风。今一写风，而故园零落矣。故特特写风，非寻常泛写也。然而此书亦绝无一笔泛写之笔。

此书以玉皇庙、永福寺作起结，而以报恩寺作关目。今忽写相国寺、黄龙寺，盖为前后诸寺作点睛也。

写何大监送飞鱼衣，真是末世无礼之极。

写朝散，止用十二象不牵而自走，便将朝散写得活现，真是一笔胜人千万笔。

上文参太尉，此回引奏。一篇冠冕文字，偏又夹入瓶儿托梦，王经解馋，真是矫健不由人意料处。

上回已极力写太尉，此回若再写朝罢复参，便嚼蜡矣。故止用“知印拿印牌来”一照，便生动之极。且随手收拾，止用“又过一夕”，“又挂了号，又辞了翟管家”，使上二回无数文字，三“又”字一齐收拾干净，真是史中妙品。

朝见必用拜冬，又映瓶儿十月死期，又出改重和元年，映西门明年正月死期也。

又重和元年，直照开讲“政和年间”四字，是一部书大照应、大起结处。盖政和叙起“热”字，重和接写“冷”字，一百回文书，固应有许多对峙关键也。

又春梅，下半部书之枢纽也。故必写拜冬，一陌生而梅花之消息动矣，故下文即频以玉箫吹之也。

自前回至此回，写太尉，写众官，写太监，写朝房，写朝仪，至篇末，忽一笔折入斜阳古道，野寺荒碑，转盼有兴衰之感，真令人悲凉不堪，眼泪盈把，然黄龙寺又寓言起风之源。言西门精髓将枯，肾水已竭，不能生此肝水，血不聚而风生黄龙之府，四肢百骸，将枯朽不起矣。故下文西门死，必云相火烧身变出风来，盖为此也。泛泛观之，乌知其寓意之妙！然则相国寺，又相火之寓名欤？僧名智云可见。

写设朝是一番笔意，散朝是一番笔意，总非小子辈所能梦见。

永福寺，众人托生。乃于此处先轻轻提出——袁指挥，真是云外神龙忽露一爪，令人不可拟议其妙。

第七十二回　潘金莲抠打如意儿　王三官义拜西门庆

【总批】夫金莲之妒瓶儿，以其有子也。今抠打如意，亦是恐其有子，又为瓶儿之续。是作者特为瓶儿余波，亦如山洞内惠莲之鞋也。

上文写如许谄媚之奸臣，此回接写金莲吃溺，真是骂尽世人。

王三官嫖桂姐，与西门争衡之人也。乃一旦拜为干父，犹贴其母，则西门之畅意为何如？夫天道畅发于夏，即有秋来，况人事哉！此西门将死之兆也。

西门拜太师干子，王三官又拜西门干子，势力之于人宁有尽止？写千古英雄同声一哭，不为此一班市井小人骂也，其意可想。

百忙里即收转李铭者，为后娇儿拐财作地。

此回写月娘严紧门户，反衬西门死后疏略，真是不堪，无礼之至。

处处以玉楼衬金莲之妒，固矣。然处处必描玉楼“慢慢地走来”，“花枝般摇战的定来”，或“低了头不言语”，“低了头弄裙带”，真是写尽玉楼矣。

写西门告月娘露机，为翟管家埋怨，却用月娘几语，一衬西门疏略，一衬月娘有心也。

写伯爵，必用十二分笔，描其生动，处处皆然，又不特此回之鹊叫也。

写安忱来拜，处处在西门饮酒赴约之时。盖屡屡点醒其花酒丛中，安枕无忧，不知死之将至，正是作者所以用安忱一人入此书之本意也。故安郎中乃念经时，木鱼必随时敲之，方是用他得着也。

上回月娘扫雪时，诸人已全合拢，却用玉楼上寿一总，观其酒令便知。此回安忱送梅花来，春梅将吐气，诸人将散，又用玉楼生日一总。信乎玉楼为作者寓意之人。盖高踞百尺楼头，以骂世人，然而玉楼生日，特接下一回畅写之，盖为清明之杏，特特出落而作嫁李公子地也。

四盆花：红白梅花，为弄一得双之春梅作照；茉莉者，不利也；辛夷也，新姨也，盖不利金莲也。

写王三官丑绝，总是为假子骂尽也。

第七十三回　潘金莲不愤忆吹箫　西门庆新试白绫带

【总批】 夫吹箫之忆，直追至内室乞恩时，故金莲不愤也。

玉楼生日，自扫雪后一写，至此又一写，盖言去年花开颜色改，今年花开复谁在也。又是前后章法。

新试白绫带，已为后文一死作地。而不愤忆吹箫之后，金莲复来，盖又为撒泼一回作引。总之，自瓶儿死后，至此后撒泼，总写金莲之肆志得意以取辱也。

玉箫留果子，盖为下文过舌地也。

此回方将写玉箫一人之意说出。盖书童附瓶儿而私玉箫，然则玉箫又银瓶之对。且玉箫为西门传递消息之人，今加一“忆”字，则水流花谢，天上人间，已有无穷之感，已将上文无数用玉箫处一结。下文即用玉箫，皆吹落梅花，吹散残春，非复如上文之吹开消息，故用一“忆吹箫”。看者止知复点瓶儿，不知却是结束玉箫。不然，玉箫乃特特用笔写出之人，与春梅同例齐等，不一结束，岂成笔墨。有此一结，后文便可轻轻收拾于翟管家宅内去，不嫌简略。不然，后文写春梅好，还是收拾玉箫好？此文字苦心处，无如人尽埋没他也。

以上凡写金莲淫处，与其轻贱之态处已极，不为作者偏能描魂捉影，又在此一回内，写其十二分淫，一百二十分轻贱。真是神工鬼斧，真令人不能终卷再看也。如“把手在脸上这点儿那点儿羞他”，又“慌得走不迭”，又“藏在影壁后黑影里悄悄听觑”，又“点着头儿”，又云“这个我不敢许”，真是淫态可掬，令人不耐看也。文字至此，化矣哉！

“不愤忆吹箫”，却用几番描写。唱《集贤宾》时，一番描写；西门吃酒进来，金莲听觑，一番描写；西门前边去，金莲后来，又一番描写。极力将金莲写得畅心快意之甚，骄极满极，轻极浮极，下文一激便撒泼，方和身皆出，活跳出来也。文人用笔，如此细心费力，千古之心，却问谁哉！我不觉为之大哭十日百千日不歇，然而又大笑不歇也。

玉箫转子儿，正是结出。此回特为玉箫结文，不为瓶儿，明眼人自知。后用玉楼，不许玉箫近前，又是作者特重玉楼以衬金莲处，又自言结住玉箫不写也。

此回特写春梅与西门一宿，与收春梅文字一映，为后文之春梅出落春信，又结西门庆之春梅也。夹叙秋菊，以与上无数打秋菊一总，为含恨地也。总之，此回俱是照后作结的文字，看他一路写去，有心者自见也。

五戒转世，又是西门转世之影，看他有一语空闲无谓之文乎？

梵僧药又加白绫带，已极淫欲之事，不为下文更有头发托子在也。文字必用十二分满足写法。

写生处只在一二语。看他写金莲狂淫，止用“两手按着他肩膊，一举一坐”，便使狂淫人已活现，与品玉文中“捉得龟头刮答刮答怪响”一语活现，皆一样笔法也。

此回用伯爵说吴大舅为都根主子，已为后西门死，伯爵嘱敬济作照。

金莲说“孟三姐好日子，不该唱离别之词”，又是作者明点此回玉楼生日，为收煞之文也。

数果子，又为打迎儿数角子遥对，总是收煞之文。

内云去年玉楼生日还有瓶儿，不知明年玉楼生日已无西门，止有敬济酒醉作闹，以反照二十一回内玉楼生日。信乎作者以玉楼纲纪众人也，以玉楼生日起结诸回文字也。须放眼观之。

第七十四回　潘金莲香腮偎玉　薛姑子佛口谈经

【总批】 此回“品玉”，乃写下回“撒泼”之由，然实起于一皮袄。夫皮袄，乃瓶儿之衣也。金莲淘气，终由瓶儿之衣。然则瓶儿虽死，作者犹写已死之瓶儿，为金莲作对也。

月娘教桂姐，郁二姐、申二姐到娇儿房中去，后又教出来，则其羞变成怒可知。

此处写薛姑子谈经，明言孝哥，盖一眼觑定一百回内幻化之结也。

上已写品玉，此又写偎玉，却是两样。品玉者，惊喜梵僧之药，先品而后试之；偎玉者，春色狼藉之至，更受不得，乃偎之，先试带而后品也。特与梵僧药作遥对章法，不如此不得死也。

上回品玉文中，写金莲品法，是一气写出，用几个“或”字，将诸品法写完。此回却用两段写，中央要皮袄一段，先用“按着粉项’，后用“一面说着”四字，两个“又”字，一个“一回”字，临了用“口口接着都咽了”，便使一样排蛙口、底琴弦、搅龟、脸偎唇裹之法，却犯手写来，不见一毫重复，又是一篇绝世妙文，作者心孔，吾不知几百千窍，方能如此也。

第七十五回　因抱恙玉姐含酸　为护短金莲泼醋

【总批】此回写金莲淘气，乃先写如意，总为金莲淘气之根也。

申二姐之见怒于春梅，而月娘乃与金莲合气，何也？日以春梅实以玉箫故也。玉箫又月娘之婢也。玉箫婢私书童，金莲之所目睹者也。意中岂不曰:尔婢私人而不知，乃责我婢之骂人，且曰：奶子私主而不管，乃管我婢之骂人。况乎自不愤吹箫，其心高气傲，已争十二分体面。盖自有瓶儿以至于今，方得其死后一畅，不知不觉，诸色尽露骄矜气象，且也自元夜游行之志，今即以瓶儿之衣酬之，其满为何如？乃月娘一语拂之，宜乎其不能耐矣。而壬子之期又误，故满腹矜骄满足，变为满腹拂逆不愤，以与月娘闹，盖犹欲为忆吹箫之稿也。不知月娘止见春梅，不见玉箫，甚矣！不修其身，无以齐其家，月娘无以服金莲，西门亦无以服月娘，皆不修身之谓也。信平作者以阳秋之笔，隐罪月娘，而以玉箫明丑之也。

前文教众人到娇儿房中去，是一番羞怒。此回月娘说春梅，而金莲护短，是一番羞怒。西门庆护短，又是一番羞怒。此丹娘淘气之由，而皮袄又是一番心事，合在其中发出，却不在此账算也。

皮袄者，瓶儿之衣也，乃月娘、金莲争之，直将其墙头二人公同递物心事说出。夫月娘、金莲，西门庆之妻妾也，瓶儿，花家之人，三人并未谋面；乃一旦月娘为之设法，用盒抬银，金莲、月娘、春梅铺毡，墙头递物，不啻与瓶儿一鼻孔出气者，财之为事也。夫财在而月娘有心，金莲岂无心？乃银物俱归上房，而金莲之不愤可知。其挑月娘、西门不合于瓶儿入门时，盖有由也。至于瓶儿入门，问金髻，西门词语之间，上有愧色，况众妻妾乎！其争其妒，大抵由财色而起。夫财色有一，已足亡身。今瓶儿双擅其二，宜乎其死之早，并害及其子也。至于死，金莲快，而月娘亦快。金莲快，吾之色无夺者；月娘快，彼之财全入已；故瓶儿着完寿衣，而锁匙已入上房矣。此二人之隐衷也。乃金莲之隐易知，而月娘之隐难见，今全于皮袄发之。何则？金莲固日他人之财，均可得也，而月娘则久已认为已有矣。一旦西门令二婢一奶子守之，已不能耐。然而月娘老奸巨猾人也。回心一想，即守之于花楼下，乃我之外库耳，且可息人之争，故从之而下逆。今忽以皮袄与金莲，是凡可取而与之者，皆非我所有也，能不急争之于？然而老奸巨猾者，必不肯以此而争之，则春梅一骂之由，正月娘寻之而不得者也。而金莲又有满肚不愤乃一旦而对面，不至于撒泼不止也。写月娘、金莲必淘气而散者，一见西门死后，不能容金莲之故。且瓶儿先疏后合，金莲先密后，正两两相照也。

写月娘以子挟制其夫处，真是诸妾之不及，真是老奸巨猾。以此而知，从前烧夜香俱假也。作者特用阳秋之笔，又写一隐恶之月娘与金莲对也。

前瓶儿来，月娘扫雪，盖与瓶儿合也，却是玉楼生日。此与金莲淘气，是与金莲疏也，却又是玉楼生日。遥遥相对，为一大章法，大照应。

金莲撒泼之先，却写一玉姐含酸。夫玉姐自入门时至今，何日不含酸？乃此日不能宁耐，何哉？盖有惩于瓶儿也。何则？元夜取皮袄，玉楼、瓶儿皆有皮袄者也，是二人乃一体之人。今几何时，而瓶儿之衣，已入他人之手，固应于伯爵家赴会时，现金莲翩翩之态，而自动前车之悲也。况瓶儿之财，人争利之，玉楼亦几几乎续之矣。明眼人岂不自知？一固一念及，而薛媒婆之恨，已悔无及矣。此处写含酸，特为李衙内引也。则又作者散场之笔，而何其神妙如此！

未娶金莲，先娶玉楼；未散金莲，先散玉楼。信乎玉楼为金莲之衬叠文字也。

一路写金莲得意。不特瓶儿死后，诸事快意，即李桂儿被拿，又是第一快心之事。盖欲为金莲放心肆意于敬济，以逼到武二哥手，故不得不为之极力写其肆志快意—之极也。桂儿宠而金莲受辱，月儿宠而金莲之出身处受污。总之，作者深恶金莲，处处以娼妓丑之，且以娼妓丑其出身之所也。

争锋毁院后，月娘、瓶儿始合；惊走三官，月娘、金莲已离，又是绝大章法。盖前桂儿败，而月娘快，金莲亦快。两快，而瓶儿容与其间矣。此文桂儿败，而金莲愈快，月娘未必快。愈快则骄，未必快则怒。宜乎金莲、月娘之共相对敌也。月娘未必快者何？盖以干女故也。看其前文为桂儿说东京人情，此文为桂儿解释三官，俨然一李三妈之不啻。甚矣！作者特用大笔如椽写一桂儿，盖欲骂西门庆之妾为娼，而使其妻为老鸨儿也。故写月娘纯以阳秋者以此。混混看者，谁其知之？

看他写相骂时，却夹写玉楼、娇儿、大妗子、三尼诸人，真是心闲手敏。而雪娥必至闹后方言，大姐在坐而无一言者，各人心事如画。盖雪娥自快，而大姐为瓶儿快之也。至于放去姥姥，又是绝妙乖滑之笔，分明借姥姥起端，却是借起端为省笔。不然，月娘骂姥姥固不妙，姥姥阻金莲与不阻金莲亦不妙，文字大是碍手，不如一去之为畅快好写也。

金莲入门时，大书其颠寒作热，听篱察笆，盖以一笔贯至此回也。

月娘骂处，却都是瓶儿、雪娥旧话，是代从前受怨之人一齐发泄，然则怨怒之于人大矣哉！

此处写玉楼，其云雨处，与雪夜烧香之月娘一样，而西门亦是一样抱渐。然而玉楼自是含酸，月娘全是做作，前后特特相映，明明丑月娘也。

夫写相骂之时，乃插三尼，可谓忙中闲笔矣。乃直写至看狗，其闲为何如哉！

玉箫学舌，作两番写，其相骂时，亦作两番写，中用拉劝者一间也。

篇内写月娘相骂，忽入金莲，知桂儿被恼之言，不是闲扯。盖特写金：莲于瓶儿死，又桂儿辱，一片得意骄人神理，为金莲数月来，月娘之所不能宁耐者也。

内插荆都监事，明言荆棘起于庭前，行见月缺花残，芳园蓁芜，为歌舞者报一伤心之信也，岂泛泛写一交游之人乎？

上文写一吃溺之金莲，此回又写一效尤之如意儿，总为舔痈吮痔者极力丑之也。

写月娘挟制西门处，先以胎挟之，后以死制之，再以瓶儿之前车动之，谁为月娘为贤妇人哉？吾生生世世不愿见此人也。

写西门踢玉箫，亦偏爱常情，乃不知作者特特点出玉箫吹散梅花之故也。

申者，七月之数也。莲至七月将衰。又申者，金也。金风新来，宜乎金莲母子之所必争者也。郁者，鬱也，春意于将来，自当与春梅相合。况韩者，寒也，秋来则寒，寒至有秋。故申二姐，必韩道国家荐来，而此后至西门死，全写雪月时节，是知由此秋风而渐引也。

月娘怒金莲，说桂姐事只我知道，又为干女儿护短也。则月娘岂人类哉！

第七十六回　春梅娇撒西门庆　画童哭躲温葵轩

【**总批**】上文七十二回内，安郎中送来一盆红梅、一盆白梅、一盆茉莉、一盆辛夷，看着亦谓闲闲一礼而已；六十回内，红梅花对白梅花，亦不过闲闲一令而已。不知作者一路隐隐显显草蛇灰线写来，盖为春梅洗发，言莲杏月桂俱已飘零，而瓶断簪折，琴书俱冷，一段春光，端的总在梅花也。此回乃特笔为春梅一写。

金莲与月娘淘气，而春梅撒娇，虽祸起春梅，而不为金莲写，特为春梅写，亦花各有时。金莲，乃一谢时之芰荷，故不如当春之梅萼，是故写春梅而不写金莲也。但为写春梅，亦有两样笔墨。为其将有出头之日，为春梅计，则守备府中固春梅扬眉吐气之处，是此处写其撒娇，盖为春梅抬身份也。若云为西门庆计，则金屋梅花，深注金瓶，一旦瓶坠金井，而梅花亦狼藉东风，眼见为敬济所揉拧，是此处一写，又为梅花伤心，且为西门伤心也。故玉箫调里吹彻江城，瓶已沉矣，而水岂复能温乎？是用接写温秀才之去也。

温秀才未来之先，写水秀才，是温必水之温也。金瓶水煖，可养梅花，令瓶破而水亦冷矣。梅花自应摧折，为敬济所得也。但温秀才，即该写之于瓶儿之初来。不如作者，固言瓶水初温，而寒瓮兴悲，蛟龙失水，则玉胆梅花，其芬芳能几何哉！深悲韶华之迅速，风流之不久也。

葵花乃爱日之花，而“必古”又“屁股”之讹。水性就下，宜乎与夏龙溪私漏消息，而瓶破委泥，是又有倪秀才为葵轩作朋，以同就于污下也。至于愈趋愈下，以至平路成河，水流花谢，红叶飘零，故叶五儿之女，必嫁夏宅。而何夫人来，贲四嫂必带水大战，盖尽贝叶随波，又露一段空色消息。是故必于此日先写一撒漫将落之梅，而接写温秀才之去，已是落花流水一段残春音信，作伤心之话也，故又用画童哭躲。

乔大户纳官，亦非泛泛。夫言乔者，木也。乔木如拱，已作白杨青草之想。盖有“闻道白杨堪作柱，怎教红粉不成灰”二句在内。官者，棺也。乔木成棺，不死安往？

忽放何九、王婆入来。盖至何家托梦，已结瓶儿。以下皆极力收拾金莲之笔。故此处将二人一点，使看者知武二处磨刀以待也。却嫌生入不上，又于前文伏一何千户，拿一起盗案请问，盖即伏此脉也。文字针线之妙，无一懈可击。安得不令人叫绝！

借何十事，即插一宋得原奸丈母事，早为下文金莲售色，以后至出门等情总提一线也。所云宋得原者，盖言敬济直送金莲出门，以归根于永福寺。妙绝神理。谁其知此金针之细，如日“送得远也”。然则敬济其结果金莲之人乎？

“舞裙歌板”一诗，梳栊桂姐文中已见，今于此回中又一见。盖桂儿乃秋花，为莲花零落之期，桂花开处，金莲已有过时之叹，况此时桂已飘零，后文纯是一片雪月世界哉！花不摇而自落矣。是此一诗两见，终始桂儿，又实终始金莲。特特一字不易，以作章法，以对下文二八佳人之一绝，作两第一样关锁也。

“舞裙歌板”一诗是财，“二八佳人”一诗是色，故用二见遥遥相对。

因宋得原之名，益知金莲、敬济之名贯通之妙。盖开处则曰金莲。败落止余旧茎，此陈茎茇乃金莲之下场头也。是二人乃二而一者矣。

炉鼎乃身之外肾。今送与宋乔年，盖言此物断送长年也，安得不死？看他有一句闲言乎？

第七十七回　西门庆踏雪访爱月　贲四嫂带水战情郎

【总批】此回接写尚小塘、聂两湖，为温秀才作余波，不知已为贲四嫂作流红地也。夫残花成叶，片片随波，转眼成灰。会心者，上小塘徘徊独步，莲已成空，当寻贝叶之风，以悟眼前实地。而无如眼底湖光，犹作流芳之感。是以情牵不断，又为残叶惹相思也。惟小塘通两湖，故叶叶浮来，可作水中之战。

夫安郎中名忱，言安枕也。宋乔年，言断送长年也。汪伯彦，言汪之北沿也。他如蔡蕴，骂其为男子中之媪，俗言婆婆妈妈是也。黄葆者，骂其为保儿也。

贲四嫂作带水之战，却用汪伯彦、雷起元、安忱同拜。要请赵霆，一似闲中一交游；再不然云写西门之财势，为众人所垂涎足矣。不知总为带水之叶作指点也。盖云汪北沿，当雷声起元之正月，而安枕以战带水之贝叶，不知潜地之雷霆已动，又换一番韶光。区区水面残叶，能有几日浮荡？而殷殷顾盼于小塘两湖之上，以作伤心语载哉？

写残叶，必写先踏雪访爱月何也？盖必雪月交辉，而莲叶始全落空，梅花乃独放也。又为下文春梅之过文，亦无不可也。

月娘名月，而爱月亦名月，何也？盖言月缺复圆，花落复开，人死难活。前文六十五回之《普天乐》已明明言之矣。月后加一“爱”字，便是老人所见之月，令人眼泪盈把，不能追回少年之花阴寂寂时也。

此回写云理守，是言云遮月之意，故后文结果月娘以往云家去遇普净师也。

忽入来友儿。夫三友，乃花间之雀莺燕等鸟也。鸟来而花残，况黄鹂乃四月之鸟，春已归矣。故来友儿自王皇亲家出来。夫王皇者，黄也，离王皇亲而来，此黄鹂也。改名来爵，爵者，雀也，古“雀”字即“爵”，总是作者收拾花事之笔。而看者混账看过，遂使作者暗笑也。

杨姑娘死者，杨去而李开，玉楼之去，几已伏矣。

贲四女名长姐，嫁夏家。言叶长于夏为莲叶也。莲叶已无，只落枯茎矣，故后文接写陈敬济。

必言贲四嫂水战，盖言莲叶在水。夫止余莲叶，则莲花已空，而金莲之死近矣，是皆金莲的文字。

又虚描一楚云，言同归于梦，而梦实空也。况月与花有情，今云来月闭，且云来雪落，雪至花凋，不使其来，盖既已梦矣，应须空写，故用“鹿分郑相，蝶化庄周”二句，自点双睛。奈之何人不知之也？此梦直说出一百回月娘之梦。总之五十回以后，总是收结的文字。

此书写数梦，以总结入月娘之一梦。如瓶儿死，有伯爵一梦，西门一梦，后书房一梦，何家一梦。瓶儿未死，先有子虚一梦；瓶儿临死，又有迎春一梦。西门将死，又有月娘一梦。金莲死。又有敬济一梦，春梅一梦。及敬济作花子，又自为一梦，周宣一梦。然后结入月娘云理守之梦。不知先已有武松一梦在第九回内，然总不如楚云之梦，写得滑脱之极，使一书中众人皆入梦中，又令人不知是写一梦，却又借庄周、郑相二句，明明点出是梦。文字奇妙至此，亦难赞其如何奇妙之所以然矣。

第七十八回　林太太鸳帏再战　如意儿茎露独尝

【总批】宋御史送一百本历日来，亦平平一事，不知皆作者如椽之笔写之也。盖言一百回文字，至下一回，将写其吃它紧示人处也。财色二字，至下回讨结果也。况一百本历日，言百年有限，人且断送于酒色财气之内也。故用宋乔年送来。又瓶儿一百日后，是西门死期，言瓶之罄矣，不能苟延也。

篇内窗梅表月，檐雪滚风，盖一总后文春梅、月娘、雪娥等事也。岂泛泛写景？

又找叶五儿一段，点明花残叶落之故也。

再战林太太，却先写叶五儿，言败叶辞林，春光去定。而林太太之再战，其报金莲出身之处，已可为尽睛，故用自此一段后，歇手写西门死也。

如意儿茎露独尝，盖子金莲文中，又找足瓶儿也。如意儿夫家姓熊，娘家姓章。夫熊有胆者也，盖如意儿乃瓶中一胆，故名如意；而姓章，犹言瓶胆一张。又胆瓶春水浸梅花，故茎露独尝也。夫瓶已失矣，止存其胆，因胆而想其瓶，是结此瓶一段公案。

至东京来，两写宿雪娥房中，总言雪后梅花发而莲花老，总是金莲文字。

伯爵妻姓杜，希大妻姓刘。杜者，肚也；刘者，留也。可想偶及之，附志于此，盖自嚼入肚，携带想留客也。

熊旺妙，熊之所旺者胆也。

云月结亲，是晦暗景象，是空蒙景象，与上文雪月空林，是冷清景象，是凋零景象。

写玳安与贲四嫂通，是言玳安儿为月娘叶落归根，伏西门小员外之线，又蝶藏叶下，已无花也。

此处写金莲之不孝，又找磨镜一回，总是作者为世之为人子者，痛哭流涕，告说人老待子而生活，断不可我图快乐，置吾年老之亲于不问也。恐人不依，是用借潘姥姥数段，告如意儿等，言为人之有亲者，刺骨言之。苟有人心，谁能不眼泪盈把，我亦不能逐节细批。盖读此等文，不知何故，双眼惟有泪出，不能再看文字矣。读过一遍，一月两月，心中忽忽不乐，不能释然。至于写金莲之一味要说人，便不顾其母，于春梅口中映出之，以及后文令其母回去，总是写其与月娘不复合，以至出门到武二家也。

梦簪折而瓶儿死，梦衣破而西门死，遥遥相映。

玉箫送簪物与来爵女人，特结惠莲之案，却是结玉箫之事。盖箫至黄鹂声咽，亦再不能作一曲断续之调也。

忽又写一蓝氏，也是太监侄儿之妻也，有钱，俨然又一瓶儿。盖花篮亦可载花，花瓶亦可载花，而无如篮在何家。何者，河也，竹篮打水，到底成空，总是一番虚景。

金莲，恶之尤者也，看他止写其不孝；普净，善之尤者也，看他止写其化众人以孝。故作者是孝子不待言，而人谁能不孝以行他善哉！

此回特特提笔写一重和元年正月初一，为上下一部大手眼，故极力描写诸色人等一番也。

王三官娘子与蓝氏，同一影子中人，乃黄氏写在蓝氏前，今反是蓝氏来，而黄氏不一出见，此是作者异样躲滑处。盖黄氏与蓝氏一齐都来，不能一齐实写；使一齐实写，皆云二十分齐整，匪特文字碍手，即看者亦如神案前成对炉瓶，味如嚼蜡矣。看他止用二十分精采写蓝氏。便使一杳然不出之三官娘子，真如海外三山，令人神往，真是写一是二，又有一手双写之妙。

第七十九回 西门庆贪欲丧命 吴月娘失偶生儿

【总批】此回乃一部大书之眼也。看他自上文重和元年正月初一写至此，一日一日，写至初十，今又写至看灯。夫看灯夜，楼上嘻笑，固金莲、瓶儿皆在狮子街也。今必仍写至此时此地，见报应之一丝不爽。

此回总结“财色”二字利害，故“二八佳人”一诗，放于西门泄精之时，而积财积善之言，放于西门一死之时。西门临死嘱敬济之言，写尽痴人，而许多账本，总示人以财不中用，列了带不去也。

吴神仙起先在周守备家，言周者，舟也，分明撑宝筏而相渡也。今日在土地庙中，虽有神仙，其奈地府何？盖深示人以及时行善，悔则无及矣。

孝哥必云西门转世，盖作者菩心欲渡尽世人，言虽恶如西门，至死不悟，我犹欲化其来世。又明言如西门庆等恶人，岂能望其省悟？若是省悟，除非来世也。

写西门一死，其家中人上下一个不少，然止觉凄凉，不似瓶儿热闹，真是神化之笔。

此回内，即写李三、来爵负恩赖批文事，真是“冷暖”二字中，一丝也差不得。

鸿守信义，故贤于雀，然而春鸿亦不能久留矣，观此方知命名之妙。观后往张二官家去，方知苗员外送童之意，为报丧帖，勾魂帖也。

写伯爵，止用“愕然”二字，写尽小人之心，已写尽后文趋承张二官之意，真是一笔当千万笔用也。

女婿斩衰泣杖，其非礼为何如！乃反衬瓶儿死，其奢僭处更难堪也。

第八十回　潘金莲售色赴东床　李娇儿盗财归丽院

【总批】看官着眼看他大手笔处，看他一丝不乱处。在于何处？看他止用二人发放一部大题目，一曰“售色”，一曰“盗财”，是其一丝不乱处，是其大笔如椽处。

夫色不可售，而西门之色，亦有所售之也；财不可盗，而西门之财，亦有所盗之也。止用两笔，将一部作恶的公案，俱已报应分明，不差一线，笔力简捷如是。一部书，直看到此回，方知李铭之名为可笑。何则？欲语云“里明不知外暗”。观其转财物，方知其命名之意二是故此书无一名不有深意。

夫文章有起有结。看他开手写十弟兄，今于西门一死，即将十弟兄之案，紧紧接手结完，如伯爵等上祭是也。内除花子虚死，连云理守八人，一个不少。却抽出云理守留至一百回结照二捣鬼，完“热结冷遇”之案。故此回止以七人结之。再于其中出脱吴典恩另结，却又止用六人。今添一花子由作七人，是明明冷结子虚。文字参差之妙如此。

于祭文中，却将西门庆作此道现身，盖言如此鸟人，岂成个人也，而作如此鸟人之帮闲。又何如乎？至于梵僧现身之文，实为此文遇了那样鸟人，做此鸟事，以致丧此鸟残生也。

王六儿上祭，盖为拐财远遁之引，莫认月娘吃醋。

又借骂王六儿，将桂姐、银姐随手抹过后一影月儿，以王三官与桂姐同结，盖又结林氏，又借张二官，将伯爵、李三、黄四一齐结住。总之，第一回东拉西扯而出，此回却又风驰电卷而去，真是千古文章能事。

观三日演《杀狗记》，固知予言不谬。

写月娘烧瓶儿之灵，分其人而吞其财，将平素一段奸险隐忍之心，一齐发出，真是千古第一恶妇人。我生生世世不愿见此人者，盖以此也。

写月娘与李鸨相争，真是棋逢对手。作者何恶月娘之深。而丑之以不堪也。

补写蔡御史，总为西门之交游放声一哭。接写一伯爵，更不堪也。盖十弟兄，惟伯爵更密些，故写一伯爵，以例众人。

第八十一回　韩道国拐财远遁　汤来保欺主背恩

【总批】 夫西门庆吃药而死，完武大公案也。李娇儿盗财归院，完瓶儿、子虚公案也。此回道国拐财，完苗青公案也。来保欺主，完惠莲、来旺公案也。一部剥剥杂杂大书，看他勾消账簿，却清清白白，一丝不苟。

点染胡秀去，总欲结王六儿一案，以为道国拐财之由，而必自苗青处来，乃又结苗员外之死也。文章又非死板论杀者。王六儿与西门私，却在胡秀口中，杭州地面结，大奇！

来保清敬济上马头，请表子，又早为敬济后文伏脉。

翟亲家乃如此结煞，而乔亲家又绝不音问，人情如画。

来保妻弟刘仓，妙绝。与李铭一样，盖言留藏。夫有留藏之物，何所不有，况妻弟哉？

第八十二回　陈敬济弄一得双　潘金莲热心冷面

【总批】 此回人云金莲文字，不知乃过下一十八回文字之脉也。使不弄一得双，何有春梅下文许多文字？使不有热心冷面，何有下文玉楼严州许多文字？是此回乃春梅别放之由，而玉楼结果之机也，与金莲全不相干，下文乃正经金莲收煞文字。

私仆以木香棚露香囊破碇，止为一解着耳，不知已为此回木香棚伏线。茶架，不过金莲约人之地，不如又为严州伏线。葡萄架，本为翡翠轩各分门户，却又为调婿得金莲之金针。是此书大结穴，大照应处。寓言群花固应以此作间架，但用笔入细，人不知耳。用两诗余作勾挑，用两小唱写淫情，又是一样小巧章法，特用清脱之笔，以一洗从前之富丽也。

玉楼来时，在金莲眼中，将簪子一描。玉楼将去将簪子在金莲眼中一描。两两相映，妙绝章法。

写弄一得双，却必写敬济拿药材，后文识破奸情，必写敬济抱衣往外跑。总是注明西门持家不以礼，而堆药放衣物于二妇人之楼上为失计，且又注明金、瓶、梅三人之在花园为外室也。

陈敬济者，败茎之芰荷也。陈者，旧也，残也，败也。敬，茎之别者。济，芰之别音。盖言芰荷之败者也。金莲者，荷花也，以敬济而败，则敬济实因畋金莲而写其人，非为敬济写也。即后文写敬济之冷铺飘零，亦是为金莲而写，不为敬济也。盖言金莲之祸，不特自为祸，以祸西门，即少有迷之者，亦必至于败残凋零，如残荷败芰而后已也。岂特其一己之莲子无成，残香零落于污泥者哉？至于陈洪，盖言残红。敬济于此中脱胎，岂非败茎之芰荷？陈茎芰，乃莲花之下梢结果处。

故金莲独与敬济投，而惠莲亦必与敬济相熟也。

上文安忱送红白二梅花，又有红梅花对白梅花之令。

每不解，何必定写两样梅花，以映春梅？观此回，春梅羞得脸上一红一白，方知前文之妙。盖已写一漏泄之春光，于西门生前观赏之时。惟天之祸福之几，常倚伏如此。不谓作者之笔，竟与化工等。噫！作者其知几之人，所谓神之谓也乎！

西门冷处，止用金莲在厅院一撒溺，已写得十分满足。不必更看后文，已令人不能再看，真是异样神妙之笔。

第八十三回　秋菊含恨泄幽情　春梅寄柬谐佳会

【总批】秋菊与金莲何仇？但类各不同，互相怨恨耳。然而夏去秋来，池莲褪粉，篱菊绽金，自是不得不然之时势。又一屋中，莲、梅、菊备三时，而添一陈敬济之败荷，则秋深时候，故应暂让秋菊说话。

此回方是结果金莲之楔子，却用一纵一擒，又一纵，又一擒作章法。

写月娘上盂兰会，又早为岳庙烧香作衬，以及敬济推宣卷而作弊，总为月娘丑绝，且明明书其罪案也。

春梅寄柬，固写金莲，亦写春梅。盖弄一得双后。

不一补写春梅，则后日何以联属假弟妹之情？而前一回方写热心冷面，又不便即畅言春梅，须用此回一补。文字如下场鼓，一阵急一阵，逼金莲下场，却又不得不故为迂缓其调，以为春梅地也。作者苦心，作文之难如此。

第八十四回　吴月娘大闹碧霞宫　曾静师化缘雪涧洞

【**总批**】此回乃大书月娘之罪，以为一百回结文之定案也，以为以前凡写月娘之罪案结穴也。夫凡写月娘偏宠金莲；利瓶儿墙头之财；夜香之权诈；扫雪之趋承；处处引诱敬济，全不防闲金莲；置花园中金、瓶、梅于度外，一若别室之人，随处奸险；引娼妓为女，而冷落大姐；卖富贵而攀亲；宣卷念经，吃符药而求子；瓶儿一死，即据其财；金莲合气，挟制其夫；种种罪恶，不可胜数。

而总不如此回之罪为深切注明，又驾出于诸妇人之上者也。何则？夫寡妇远行烧香之罪，已属万死无辞，乃以孝哥儿交与如意看养。夫西门氏无一人矣，此三尺之孤，乃西门家祖宗源远流长，传之于今日者也。西门在日，且当珍之保养之，不可一日离其侧，况其死后乎？况有金莲在侧，官哥之前车可鉴，瓶儿之言不犹在耳乎？乃一旦远行烧香，夫烧香非必不可辞之事，且为必不可行之事，以致太岁起衅，伯才招灾，苟有人心，当不为此。况夫敬济现在家中，即无秋菊之言，犹当早计及此。

矧秋菊言之屡屡，已又亲移大姐进仪门内，而又令玳安、平安等，监其取药与当物。今忽远行，乃反去其监守以随已。夫大姐在仪门里住，则敬济同在内厢记，以论娇儿、玉楼等妇人，则混杂不便。使其在铺上宿，则花园内之金锁钥谁收乎？以论金莲、春梅则尤不便。况乎玳安、来安皆随去，其余俱在。贮许多金粉于园庭，列无数嬬居于后院，一旦远行烧香，且自己又为未亡之人，乃远奔走于数百里之外。以礼论之，即有夫之妇，往邻左之尼庵僧舍，亦非妇人所宜，乃岳庙烧香。噫！月娘之罪，至此极矣。此书中之恶妇人，无过金莲，乃金莲不过自弃其身，以及其婢耳。未有如月娘之上使其祖宗绝祀，下及其子使之列于异端，入于空门，兼及其身几乎不保，以遗其夫羞，且诲盗诲淫于诸妾。而雪洞一言，以其千百年之宗祀，为一夕之喜舍布施，尤为百割不足以赎其罪也。况乎玉箫私人而不知，小玉私人而又不知；以及后来旺被逐之奴而复引入室，以致有雪娥之走；因窃玉之婚，以致平安之逃，吴典恩之丑。

一百回中，无一可怒之事。故作者特用写后文春梅数折以丑之也。其丑之之处，其胜于杀之割之也。故日此书中月娘为第一恶人罪人，予生生世世不愿见此等男女也。然而其恶处，总是一个不知礼。夫不知礼，则其志气日趋于奸险阴毒矣，则其行为必不能防微杜渐，循规蹈矩矣。然则不知礼，岂妇人之罪也哉？西门庆不能齐家之罪也。总之，写金莲之恶，盖辱西门之恶；写月娘之无礼，盖罪西门之不读书也。纯是阳秋之笔。

第八十五回　吴月娘识破奸情
春梅姐不垂别泪

【总批】西门庆倒，而金莲曰“亏其扶住”；殷天锡辱，而月娘云“亏其正经”。乃作者特写一样笔墨，以丑月娘也。有一笑谈云：一人夏月戴毡笠走而热极，乃取其笠以作扇，而向人曰："不是戴了他来，岂不热死？"与此两回文字，一样成趣。

敬济托薛嫂捎信，明言败荷于雪中，而回想莲开之意，写出消败光景也。

夫写春梅，原为炎凉翻案，故用特写其不垂别泪，以为雪中人放声一哭也。一部炎凉大书，而有一不垂别泪之人，宜乎为炎凉之翻案者也。故后文极力写其盈满，总为作者有此不肯垂下之泪郁结胸中故耳。曰玉楼亦不受炎凉所拘之人也，奈何独写春梅？不知玉楼之身分又高春梅一层。不在金、瓶、梅三人内算账，是作者自以安命待时、守礼远害一等局面自喻，盖热亦不能动他，冷亦不能逼他也。然则何以含酸？此又玉楼睹瓶儿死，人分其财而作，自有韶华速迅之感，生不逢时之叹。言我若死矣，亦与瓶儿一样。是其知机处，是其行破处。故云因抱恙，非有所争如金莲之琵琶，亦非若月娘之满肚经卷，全变作一腔贪痴势利。故春梅不垂别泪，玉楼辞灵不哭。一样出门，止觉春梅是一腔愤懑，玉楼是深浅自知。故玉楼结至李衙内，以一死知之而即住，而春梅必结如许狼藉不堪。是又作者示人，见得人固不可炎凉我，我亦不可十分于得意时大扬眉吐气也。故旧家池馆之游，春梅形愈下而心愈悲矣。宜平有敬济、周义诸人之纷纷不已也。

第八十六回　雪娥唆打陈敬济　金莲解渴王潮儿

【**总批**】写敬济无知小子未经世事，强作解人如画，唤醒多少浮浪子弟。

打敬济必用雪娥，盖残枝败茎，必用雪压之而倒也。然后知入手金莲激打雪娥文字之妙。

张团练，喻荷盖之犹张也。今雪压陈茎之芰，宜乎团盖不能复张，故下文张团练，即与敬济分矣。

夫水秀才不来，温秀才已去，瓶儿已罄，梅子不酸，则莲花之渴何如？是能少延旦夕残喘，不过于污泥中取其潮湿耳。然则金莲之不堪田地又何如？

夫金莲一去，理应即用武二手刃之，惟恨其缓也，奈何又到下回？不知作者盖欲顺水推船，将伯爵十弟兄公案一照，故用张二官。不然，平平散去，犹不尽十弟兄之恶。若春鸿又是顺水船中顺便文字。至于守备府又为“埋尸”一段文字。夫必写“埋尸”，所以结金莲，出落春梅之笋也。至若陈敬济，又不得不然之文，且为归结陈洪、张氏、大姐之笋。而后文冯金宝，并严州，又为作花子、做道士之笋。一层层又逼入守备府中，与春梅复合也。文字相生开合之妙如此，是大间架，盖五凤楼手。

第八十七回　王婆子贪财忘祸　武都头杀嫂祭兄

【总批】此回方结“冷遇亲哥嫂”之人，至一百回，乃又结“冷遇”之文，方知一百回如一百颗胡珠，一线穿串却也。

写一伯爵，方写一武二，又是第一回特特相照，非泛泛写伯爵之冷暖也。

写张二官不要金莲之语，乃见伯爵落得做小人，不是又写一有主见之张二官也。作者何暇为此书无因之人写其主见？不见王三官、林氏诸人，至西门死后，久已不在此书之册内矣。

写月娘暗中跌脚，方知玉箫藏壶之妙。夫杀金莲与玉箫藏壶何与哉？须知月娘与金莲进门时，深爱之也。不深爱，不能使金莲肆志为恶，以与诸人结仇。然而使月娘终始爱之，则小玉之私玳安，而成婚矣，如意之私来兴，亦合房矣，所云家丑不可外谈者是也。使金莲不伤月娘之心，则虽有敬济云云，或亦逐敬济而遣大姐，金莲未必去也。此实论时度势之情。即月娘大有主见，令其改嫁，亦必念姊妹之情，留之家中，寻售主而遣之，此亦常情。即不然，王婆来云，嫁于武二，月娘不伤其心，亦必参以一二吉。而王婆虽贪而忘祸，特无一冷眼者提醒耳。一闻月娘言而王婆变卦，武二哥之事不稳矣。夫打死李外传，月娘之夫几遭毒手，岂有不冷眼觑破今日之事？乃不发一言，止暗中跌脚，且转而与玉楼言，是其情义尽矣，其怨恨深矣。其情义尽而怨恨深者在何处？盖在撒泼之一日。夫撒泼，又起于玉箫之透漏消息。玉箫之甘心为用，是又在书童之私，而乃有三章之约。夫书童之私，却如何先安一根，则用写藏壶也。然则书童者，死金莲之人也。故独附瓶儿而不附金莲。其必瓶儿生子而即来者，盖即于最闹热，已伏一杀金莲者矣。至于瓶儿死，则必用死金莲矣，故即入三章约。然则三章约者，勾魂帖也。

夫瓶儿为一样淫妇，何以于生子时，不伏一死之之人？日固早伏之矣。死瓶儿之人，即用子虚。则瓶儿未入西门，未嫁竹山之先，乔皇亲花园中已伏之也。何以见子虚死之？盖子虚以鬼胎化官哥，官哥以爱缘死瓶儿，是子虚死之也。然而非子虚死之也，金莲死之也。又何以故？官哥不死，瓶儿不死，金莲又死官哥之人也。子虚固欲以官哥之死死瓶儿，然非金莲以死官哥之死授子虚，则子虚亦空为孽化耳。是金莲死官哥，实金莲死瓶儿也。金莲既为死瓶儿之人，则于悲翠轩特对照一葡萄架，早早已伏一死瓶儿之人矣。是瓶儿生子而书童来，内室乞恩而书童附，瓶儿一死而书童去。明似为瓶儿写一书童。暗却为金莲写一书童。为瓶儿写者，见此日同宠之人，即将来同散之人，似没甚关系。为金莲者，盖既从《水浒传》中武二手内刀下夺来，终须还他杀去。夫既夺之来，而如何令之去？故必用敬济。然徒用敬济，何以处月娘数年之情分？使不写其与月娘花攒锦簇四五年，又何必向武松讨情分夺来？既极力描其花攒锦簇，乃为敬济事。固应弃之如遗，亦不应知其必死而不一言。此玉箫离间之人，必不可少，而所以成此离间之人者，则因书童。然而三章约，出之金莲口中，则又金莲之自杀。古人云“有机心者，必有隐祸”，盖以此也。是故书童，必以瓶儿生子而来，瓶儿一死即去，始终为瓶儿之荆、聂，以引起金莲之祸端，为瓶儿九泉之笑也。然则金莲死官哥，官哥死瓶儿，西门死武大，金莲死西门，敬济死金莲，究之作者隐笔，盖言月娘死金莲耳。何则？暗中跌脚故也。夫月娘之所以必死金莲，而不一救之者，由于“撒泼”。“撒泼”由于玉箫。玉箫过舌，则因瓶儿之衣，如意之宿，是又瓶儿之灵杀之也。究之玉箫之所以肯过舌者，三章约也，是金莲固自杀。而三章约，所以肯遵依，是又书童之故。然则“藏壶”而云构衅，真非一日一人一事之衅也欤！危机相倚，如层波叠起，不可穷止。何物作者，能使大千世界，生生死死之苦海水，尽掬入此一百胡珠之线内？嘻！技至此，无以复加矣。

第八十八回　陈敬济感旧祭金莲　庞大姐埋尸托张胜

【总批】一路写敬济不孝处，不能竟此篇，而令人有拔剑逐之之愤。是作者特特写其不孝处，以与金莲待其母相对，见一对万恶禽兽也。

永福寺，如封神台一样，却不像一对魂旗引去之恶套。如武大死，永福寺念经，结穴于永福寺也。杨宗保非数内人，故其念经用素僧。子虚又用永福寺僧念经，一样结穴也。瓶儿虽并用吴道官，实结穴于永福寺，千金喜舍，本为官哥也。至梵僧药，实自永福得来，自为瓶儿致病之由，而西门溺血之故，亦由此药起。则西门又结穴于此寺。至于敬济，亦葬永福。玉楼由永福寺来，而遇李衙内。月娘、孝哥、小玉，俱自永福而悟道。他如守备、雪娥、大姐、惠莲、张胜、周义等，以及诸残形怨愤之鬼，皆于永福寺脱化而去。是永福寺，即封神台之意。但用笔参差矫健，真如天际神龙，令人有风云不测之概，以视《封神》，真有金矢之别。

此回金莲，乃是着一个竟入永福寺，又是一样写法。永福寺中，一日现身之梵僧，二日长老道坚，然则其寺可知矣。永者，涌也。福者，腹也。涌于腹下者，何物也？作者开卷固云，生我之门死我户，即此永福寺也。所谓报恩寺者，生我门也。总之和尚出入之门也。

至于玉皇庙，即《黄庭》所云灵台也，天府也，此吾之心也。故云有道人出入，盖道心生也。吴道官，盖喻言西门庆等，心中无天理，无道心也。十兄弟在吴道之玉皇庙结盟，其兄弟可知。故必用进第二重殿，转过一重侧门也。众人齐在玉皇庙侧门内会吴道，可知不是天心，而一片冤魂齐集永福寺，可知看得过时忍不过也。看官今后，方不被作者之哄。然吾恐作者罪我以此，而知我亦以此矣。

第八十九回　清明节寡妇上新坟　永福寺夫人逢故主

【总批】此回乃散雪娥之由，而嫁玉楼之机，所以出落春梅也。人言此回乃最冷的文字，不知乃是作者最热的文字，如写佳人才子到中状元时也。何则？上文如许闹热，却是西门闹热。夫西门，乃作者最不得意之人也。

故其愈闹热，却愈不是作者意思。今看他于出嫁玉楼之先，将春光极力一描，不啻使之如锦如火，盖云：前此你在闹热中，我却寒冷之甚；今日我到好时，你却又不堪了。然而此回却是写春，未便写玉楼。夫玉楼乃作者自喻，而春梅则非自喻之人。盖云：且令他自家人去，反转炎凉他一番，使他一向骄人之念，市井短见之习，自家愧耻一番。我却不与他一般见识，我还要自家愈加儆策，不可如他得时便骄纵。故下文方写玉楼，而接笔即写玉簪之横，见得我虽乾乾终日，尚有小人萋菲于下，设稍不谨，则又亡秦之续，故又接写“严州李衙内受辱”见忧心悄悄，惟恐如斯，时以患难自儆，羞辱自惕。此我之所以处得意者必如此也。设也稍自放逸，求枣强县夫妻相守读书，岂可得哉？此作者直是第一等人品，第一等身分，第一等学问写出来，以示人处富贵之方。然而作者写西门热闹，则笔愈放；写春梅得志，则笔蓄锋芒而不露；至后文写玉楼，则笔愈敛而文愈危，是大圣贤大豪杰作用。是故玉簪乃玉楼镌名之物，而即以之为抑玉楼之人，见我到富贵虽呼己名而求下于人犹恐不尽然也。至于严州，敬济固以色迷，而玉楼实以名累。李衙内以利局人，即所以害己；玉楼以计骗人，几不保其身。吁！名利场中，酒色局内，触处生危，十二分敛抑，犹恐不免，君子乾乾终日，盖以此哉！是故我云《金瓶》一书，体天道以立言者也。

于此回首夹写大姐归去一段文字，后文于雪娥文中篇尾，又夹写大姐归去一段文字。止用首尾带写，又是一样章法，总是收煞之笔也。然此回大姐去两番，而敬济终不收，是何故？盖又作者阳秋之笔，到底放不过月娘也，夫大姐既无寄放箱笼，亦有随身箱笼，于十七回内，明明说搬入上房，乃今止遣大姐独归，两番全不提起箱物，直至后文雪娥逃，来安走，惠秀死，敬济要告方肯拿出，则月娘之贪刻阴毒无耻，已皆于不言中写尽。然则不为大姐哭，当为瓶儿哭也。故必幻化其子，方使月娘贪癖、刻癖、阴毒无耻之癖乃去也。

第九十回　来旺偷拐孙雪娥　雪娥受辱守备府

【**总批**】此回发脱雪娥到守备府也。一篇文字，总是在打墙板儿两闲话结语上结穴。盖为春梅发泄寒彻骨之郁结也。

而月娘使被逐之奴复归，且全不防闲门户，是又在十阳秋之内矣。作者何恨月娘至此！而惠莲公案至此又结。

开手写李衙内问玉楼。若是俗笔，自应接写玉楼爱嫁。看他接手即入雪娥事，真令玉楼事似绝不相干，下回却又一笔勾转，既为玉楼抬高身分，又为衙内遥写相思，而行文亦真有蝶穿花径，鹤舞云衢之妙。不是一直写去，如三家村冬烘先生讲日记故事。

此一回写雪娥一生黠猾，故如此也。

第九十一回　孟玉楼爱嫁李衙内
李衙内怒打玉簪儿

【总批】 至此回，诸妾已散尽矣。然李公子来求亲，却云玉楼爱嫁，诛心之论。

薛嫂旧媒，陶妈新媒。夫桃旁之雪，乃是杏花之色，非若前此之雪压枝头以相欺也。

算命以及“妻大两，黄金长”等语特特相犯，即用薛嫂唤醒多少痴人。而止留银壶作念，其余凡玉楼者皆带去，知挑杨姑娘骂张四舅何益。而月娘送茶赴席，则辛家又添一西门姑娘或西门大姨，西门庆如有兄弟，又当为西门大舅也。可笑，可想。即写玉簪，总是作者教人慎持富贵于得意时，而又见风波世路无刻不然，才得微名，即为身患也。

夫西门等之热，热以钱耳；读书人之热，热必以名。今玉楼既不热于西门庆家，且杏花乃状元之称，宜乎读书人之所谓热者也。乃热以名而名即为累，此玉簪之所以为玉楼累也。观玉楼之名必镌于簪上可知。故上文讲财色的利害已完，又恐人不知而求名，故于此回又将“名”之一字为累，痛切为人陈之，见必至玉簪儿卖掉了方能安稳。

第九十二回 陈敬济被陷严州府 吴月娘大闹授官厅

【总批】敬济已为雪娥唆打，固云芰荷憔悴矣，乃犹可支持残茎，至此则又入严州。夫严州者，严霜也。今此一人，雪上加霜，不全根拔剥，将安在哉？幸有徐救命。夫者，风也。徐风者，言虽有雪上之霜，幸而风威不急，犹可踉跄支吾于徐风之下。有一日张胜巡风，则风利如刀，刀利如风。方是入骨之朔风，吾不知败荷叶之残茎烂盖，吹向何方去也。

卖去玉簪，买一满堂。夫满堂者，红也。此与杏花自是一色，当相安无疑矣。

铁指甲杨二郎，枯柳枝也，粜风卖雨、夫柳枝，当严冬之时，其穿破烂之芰茎，何难之有？一旦因风吹雨则潦倒，败荷叶何能当哉？

李遇严霜，亦当少挫，故李通判父子至严州均受辱。但必写至衙内宁死不离玉楼，则所以报玉楼者至矣。谁谓守志待时者之不得美报也哉？

第九十三回　王杏庵义恤贫儿　金道士娈淫少弟

【**总批**】此回写敬济浮浪之报，不必言矣。然而作者之意不在敬济，犹在玉楼也。失此回文字，乃在玉楼，谁其信之哉？然而非予好为奇论也，请看“王杏庵”三字何居。

夫上回顿住玉楼，接写大姐死等情，总言敬济之败。此回又接写我若得志，因不与炎凉市井较量，亦不敢以富贵骄人，亦不敢以名心为累，然而尤不肯作自了汉，贪位慕禄，不做好事，见义不为也。故又写杏庵义恤一回，又自恐为义不终，故必至送敬济作任道士徒弟而止盖言我恤人，必当使之复全人道，以扬其祖宗之美而后已也，故又名敬济为宗美也。此作者一片大经纶。真是看天地伦物，皆吾一体，不肯使一夫一妇不得其所，不化于道者也。是故晏者，安也，入晏公庙，遇欲安其身，为任道士徒，则欲收其心。我之所以为古道者如此。而无如今之为道则不然，一味贪淫好色，我费多少心力，安插其身，收束其心，不勾他一夜酒杯，遂使金莲之三章约，复出于残茎芰荷之口。甚矣，今道之移人如是也。

今道者，即所谓金道士也。盖后二十回内，总是作者寓己之学问经济以立言，又不特文章之妙绝今古也。

晏公庙任道作徒，可为安其身心矣。无端今道引入，又致旧性复散。夫“陈”者，旧性也。“三”者，“散”之别音也。是名陈三。故有陈三而冯金宝又来矣。

此回不特写敬济浮浪之报，竟注写玉楼之失，妙绝千古。

第九十四回 大酒楼刘二撒泼 洒家店雪娥为娼

【总批】 夫止知为今道，不肯为人道，则祸患又来，坐地有虎，眼前尽危几机矣。

雪娥归娼，固是报西门庆，却又寓言梅雪争春。但雪厌而残荷不起，今必欲扶起败荷，势必委弃残雪。盖又写春梅当日窥时度情，不得下然之势。然亦顺手结住雪娥。下文一死，不过结煞耳，此回已结住矣。其娶雪娥者，必用潘五。盖言春梅之于雪娥，皆金莲成其仇也。真与激打一回相照，言我所以做激打一回者，盖为此地一结用耳，文字分明之甚。而取名玉儿，不过雪之别名。至于写张胜，乃为杀敬济之线耳。

写鸡尖汤，特与激打一回银丝鲊汤相映成章法。

内只用几个“一推”、“一泼”，写春梅悍妒性急如画。

第九十五回　玳安儿窃玉成婚　吴典恩负心被辱

【总批】此回理应接敬济以守备府矣，止因本意要写热结之弟兄为正意，今因贪写假夫妇，遂致假兄弟之文不畅，亦未结。如上文，虽言伯爵背恩等情，却未结言如何报应结煞，而亦未畅言其何以背恩，为世之假弟兄劝也。故此回且按下敬济，再讲月娘处。

夫西门死而月娘存，必为之描其炎凉，为一部冷热之报。诸事已叙其大半，则亦宜收拾月娘矣。夫月必云遮，固用云理守之梦于一百回内，而不先以渐收之，又何以成大手笔哉！故用窃玉成婚，在吴典恩之前。盖小玉者，月中之兔，今与中秋同事月娘。夫月至中秋，兔已肥矣，兔至肥时，月亦满矣，盈亏之理，一丝不爽。月才当满，已缺一线，渐缺渐缺。以至子晦而后已也。是故小玉才成婚，乃中秋月满之时。而平安已偷金钩于南瓦子内，盖才满一夜，早已如钩照南瓦子上也。夫月之有无消息，当问梅花，故一求春梅，而吴典恩已被辱矣。复领出金钩，则月尚有半边，如月娘之守寡，为人之播弄不定，然月自是梅花主人。故又与春梅相往来也。

写月娘之奉承春梅处，固是为西门庆冷处描，却又是作者深恶月娘之阴毒权诈，奸险刻薄，而故用此等笔以丑之也。

玳安者，蝴蝶也。观其嬉游之巷可知，观其访文嫂儿可知。文嫂者，蜂也。其女儿金大姐者，黄蜂也。蜂入林中，春光已老，故先用之以为敬济作媒，则当金莲正盛之时，而后用之于林氏也。蜂媒，必蝶使可访。故用玳安。玳者，墨斑黄斑，所谓花蝴蝶也。

第九十六回 春梅姐游旧家池馆【旁批：一部书中主意。】杨光彦作当面豺狼

【总批】此回乃一部翻案之笔，点睛处也。向日写瓶儿，写金莲等人，今皆一一散去。使不写春梅一寻旧游，则如水流去而无潆之致，雪飘落而无回风之花，何以谓之文笔也哉！今看他亦且不写敬济到府，先又插入春梅一重游，便使千古伤心，一朝得意，俱迥然言表，是好称手文字，是好结局。不致一味败坏，又见此成彼败，兴亡靡定，真是哭杀人，叹杀人。

此后敬济入府，而春梅与月娘离矣，故此回写重游。然于游自己之故宫与金莲之旧馆，串入敬济，便有无限伤心之处。不特泛泛一笔，写其相思之无味也。写杨光彦又为敬济之交游十弟兄一描。总之，作者深恨交游之假而作此书。故此回又从吴典恩串出，以深恶痛绝之下，方结出二捣鬼，以为我亲兄弟放声大哭也。

此回叶道相面，单结经济。盖上回冰鉴为众人一描，后回卜龟又一描，方将众人全收去。夫既遮遮掩掩将敬济隐于西门庆文中，则不必急为敬济结束。今既放手写敬济，是用于将到守备府中，即为之照冰鉴卜龟一样结束，以便下文一放一收而便结也。

此回作者极写人生聚难而散易，偶有散而复聚，聚而复散，无限悲伤兴感之意。故特写春梅既去，复寻旧游，适然相遇。固千古奇逢，亦千古之春梅念旧主人，而挂钱请酒之出于自然而然也。

第九十七回

第九十八回　陈敬济临清逢旧识　韩爱姐翠馆遇情郎

【总批】 上文已大段结束。此回以下复索足爱姐何？盖作者又为世之不改过者劝也。言如敬济经历雪霜，备尝甘苦，已当知改过，乃依然照旧行径，贪财好色，故爱姐来而金道复来看敬济，言其饮酒宿娼，绝不改过也。虽有数年之艾在前，其如不肯灸何！故爱姐者，艾也，生以五月五日可知也。

第九十九回　刘二醉骂王六儿　张胜窃听张敬济

【总批】 此回乃完陈敬济一人之案，其取祸被杀，总是不肯改过，故用以艾灸之，则爱姐乃所以守节也。

且欲一部内之各色人等皆改过，故又以爱姐结于此，且下及于一百回。总之作者著此一书，以为好色贪财之病，下一大大火艾也。

第一百回 韩爱姐路遇二捣鬼 普静师幻度孝哥儿

【总批】此回为万壑归原之海也。看他偏有闲笔，将王六儿安放湖州，然后接一李安。噫！何以写安哉？盖作者双结春梅、玉楼，见春梅虽风光占尽，却不如玉楼这淡漠于真定之中，而依理为安也。看他以飞天夜叉李贵，随李衙内之旁，而李安拿张胜，自云李贵是其叔，而今乃避春梅以往投之，凡三用笔而可知也。夫幸而处乱世之中，不为市井所污，一旦明心见理，得安于真定之天，以远此趋炎之诮，则惟于理为依，是我之所安也。故玉楼为杏之名，家于真定，不趋严州，而李安又往投之也。一篇淫欲之书，不知却句句是性理之谈，真正道书也。世人自见为淫欲耳。今经予批后，再看，便不是真正道学，不喜看之也，淫书云乎哉！

夫卖玉簪，不求名也；甘受西门之辱，能耐时也；抱恙含酸，能知机也；以李为归，依于理也；不住严州，不趋炎也；家于真定，见道的而坚立不移也；枣强县里，强恕而行，无敢怠也。义恤贫儿，处可乐道好礼，出能乘时为治，施吾义以拯民命于水火也。以捣鬼孝哥结者，孝弟乃为仁之本也。幻化孝哥，永锡尔类也。凡此者，杏也，幸也。幸我道全德立，且苟全性命于乱世之中也。以视奸淫世界，吾且日容与于奸夫淫妇之旁，“尔焉能浼我哉”？吁！此作者之深意也。谁谓《金瓶》一书不可作理书观哉！吾故曰：玉楼者，作者以之自喻者也。

春梅死于周义，亦有说也。夫周者，舟也。周秀者，舟中遗臭也，因春梅而遗臭也。周仁，舟人也。周忠。舟中也。惟周义乃一义渡之舟，凡人可上，随处右去留，喻春梅之狼藉不堪，以至于死也。有喻义舟随流而去，无所抵止，以喻一部中之人，纷纷纭纭于苦海波中、爱河岸畔，不知回头留住画航以作宝筏，止知放平中流随其所止，以沉学而后已。故普净座前，必用周义之魂往生为高留住儿。但愿世人一稿留住，以登彼岸。不枉了作者于爱河岸边捣此一百回鬼也。是故以爱姐遇二捣鬼，同往湖州何官人家，见王六儿守节者，自言作《金瓶梅》之意。千古痴人，谁能为作者一验其笔花也哉？

一部炎凉奸淫文字，乃结以“解冤”一篇，言动念便是财色，财色便有冤家也。

官哥之孽报，同孝哥之幻化，见官多有孽，孝可通神也。

一百胡珠，结入云指挥梦里。见我这云中指示人梦在此一百回书，而人之读我一百回书，乃如在云中梦中，未必能知我这苦心也。

以玳安养月娘，又言危殆而当求安也。

月入云中，万事空矣，宜乎俱入空色之悟。

西门复变孝哥，孝哥复化西门，总言此身虚假，惟天性不变。其所以为天性至命者，孝而已矣。呜乎！结至“孝”字，至矣哉，大矣哉！凡有小说；复敢之与争衡也手？故周贫磨镜一回，乃是大地同一者思；而共照于民胞物与之内也。

春梅嫁周秀，是欲人以载花船作宝筏也。“色”字大点醒处。

玉皇庙发源，言人之善恶皆从心出。永福寺收煞，言生我之门死我户也。

韩爱姐抱月琴，方知玉楼会月琴，与悲翠轩、葡萄架弹月琴之妙盖一线全穿。玉楼是本能勤岁月者，爱姐是没奈何改过者，瓶儿、金莲是不能向上，又不知改过者也。又，一部书，皆是阮郎之泪。然则抱阮当痛绝千古而著此书欤！第一回弟兄哥嫂以“弟”字起，一百回幼化孝哥，以“孝”字结，始悟此书，一部奸淫情事，俱是孝子悌弟穷途之泪。夫以“孝、悌”起结之书，谓之曰淫书，此人真是不孝悌。噫！今而后三复斯义，方使作者以前千百年，以后千百年，诸为人子弟者，知作者为孝悌说法于浊世也。

第三章《金瓶梅》夹批、旁批选摘

第一回　西门庆热结十弟兄　武二郎冷遇亲哥嫂

诗曰：

【旁批：上解空去财：】

豪华去后行人绝，箫筝不响歌喉咽。

雄剑无威光彩沉，宝琴零落金星灭。

【旁批：下解空去色：】

玉阶寂寞坠秋露，月照当时歌舞处。

当时歌舞人不回，化为今日西陵灰。

又诗曰：

二八佳人体似酥，腰间仗剑斩愚夫。

虽然不见人头落，暗里教君骨髓枯。

这一首诗，是昔年大唐国时，一个修真炼性的英雄，入圣超凡的豪杰，到后来位居紫府，名列仙班，率领上八洞群仙，救拔四部洲沉苦一位仙长，姓吕名岩，道号纯阳子祖师所作。单道世上人，营营逐逐，急急巴巴，跳不出七情六欲关头，打不破酒色财气圈子。到头来同归于尽，着甚要紧！【夹批：以上总起四字，借一吕纯阳作开讲，其绝。所以有后文吴神仙、黄真人、潘道士也。】虽是如此说，只这酒色财气四件中，惟有“财色”二者更为利害。怎见得他的利害？假如一个人到了那穷苦的田地，受尽无限凄凉，耐尽无端懊恼，晚来摸一摸米瓮，苦无隔宿之炊，早起看一看厨前，愧无半星烟火，妻子饥寒，一身冻馁，就是那粥饭尚且艰难，哪讨余钱沽酒！更有一种可恨处，亲朋白眼，面目寒酸，便是凌云志气，分外消磨，怎能够与人争气！【夹批：以上反起财。】正是：【夹批：这一个正是，是冷。】

一朝马死黄金尽，亲者如同陌路人。【夹批：财箴。】

到得那有钱时节，挥金买笑，一掷巨万。思饮酒真个琼浆玉液，不数那琥珀杯流；要斗气钱可通神，果然是颐指气使。趋炎的压脊挨肩，附势的吮痈舐痔，【夹批：以上正说财。】真所谓得势叠肩而来，失势掉臂而去。古今炎冷恶态，莫有甚于此者。这两等人，岂不是受那财的利害处！【夹批：此下共作四扇股法，色一股，财一股，看破的财一股，看破的色一股。而上二股内，乃插入酒气二种，盖本意只重财色，而又借酒气串入。股法生动不板也。】如今再说那色的利害。请看如今世界，你说那坐怀不乱的柳下惠，闭门不纳的鲁男子，与那秉烛达旦的关云长，古今能有几人？【夹批：三个不怕色的人做榜样。】至如三妻四妾，买笑追欢的，又当别论。还有那一种好色的人，见了个妇女略有几分颜色，便百计千方偷寒送暖，一到了着手时节，只图那一瞬欢娱，也全不顾亲戚的名分，也不想朋友的交情。起初时不知用了多少滥钱，费了几遭酒食。正是：【夹批：这一个正是，是热。】

三杯花作合，两盏色媒人。【夹批：酒箴。】

到后来情浓事露，甚而斗狠杀伤，性命不保，妻孥难顾，事业成灰。就如那石季伦泼天豪富，为绿珠命丧囹圄；楚霸王气概拔山，因虞姬头悬垓下。【夹批：两个不胜色的人做样。】真所谓："生我之门死我户，看得破时忍不过"。这样人岂不是受那色的利害处！【夹批：两个岂不是，章法奇绝对峙。】

说便如此说，这"财色"二字，从来只没有看得破的。若有那看得破的，【夹批：又单一句另起。】便见得堆金积玉，是棺材内带不去的瓦砾泥沙；贯朽粟红，是皮囊内装不尽的臭淤粪土。高堂广厦，玉宇琼楼，是坟山上起不得的享堂；锦衣绣袄，狐服貂裘，是骷髅上裹不了的败絮。【夹批：看破后的财，七十九回以后之财也。】即如那妖姬艳女，献媚工妍，看得破的，却如交锋阵上将军叱咤献威风；朱唇皓齿，掩袖回眸，懂得来时，便是阎罗殿前鬼判夜叉增恶态。罗袜一弯，金莲三寸，是砌坟时破土的锹锄；枕上绸缪，被中恩爱，是五殿下油锅中生活。【夹批：看破后的色，七十九回以后之色也。】只有那《金刚经》上两句说得好，他说道："如梦幻泡影，如电复如露。"【夹批：是一部大主意，大结果。解脱，所以有普净也。】见得人生在世，一件也少不得，【夹批：又单一句，与上看破句作对。】到了那结束时，一件也用不着。随着你举鼎荡舟的神力，到头来少不得骨软筋麻；【夹批：虚陪一句。】由着你铜山金谷的奢华，正好时却又要冰消雪散。【夹批：为西门庆说法。】假饶你闭月羞花的容貌，一到了垂眉落眼，人皆掩鼻而过之；【夹批：为金莲辈说法。】比如你陆贾隋何的机锋，若遇着齿冷唇寒，吾未如之何也已。【夹批：为伯爵辈说法。】倒不如削去六根清净，披上一领袈裟，参透了空色世界，打磨穿生灭机关，直超无上乘，不落是非窠，倒得个清闲自在，不向火坑中翻筋斗也。【夹批：为普净作案。】正是：【夹批：这一个正是，是冷热俱无。】

三寸气在千般用，一日无常万事休。【夹批：气箴。】

说话的为何说此一段酒色财气的缘故？只为当时有一个人家，先前恁地富贵，到后来煞甚凄凉，权谋术智，一毫也用不着，亲友兄弟，一个也靠不着，享不过几年的荣华，倒做了许多的话靶。内中又有几个斗宠争强，迎奸卖俏的，起先好不妖娆妩媚，到后来也免不得尸横灯影，血染空房。【夹批：此一段是一部小金瓶梅，如世所云总纲也。】正是：【夹批：这一个正是，是天下不肯使人冷热到地。】

善有善报，恶有恶报；

天网恢恢，疏而不漏。【夹批：以上一部大书总纲，此四句又总纲之总纲。信乎金瓶之纯体天道立言也。】

话说大宋徽宗皇帝政和年间，【旁批：记清。】山东省东平府清河县中，【旁批：记清。】有一个风流子弟，生得状貌魁梧，【夹批：病根一。】性情潇洒，【夹批：病根二。】饶有几贯家资，【夹批：病根三。】年纪二十六七。这人复姓西门，单讳一个庆字。他父亲西门达，原走川广贩药材，就在这清河县前开着一个大大的生药铺。现住着门面五间到底七进的房子。【旁批：记清。】家中呼奴使婢，骡马成群，虽算不得十分富贵，【夹批：为后得几注横财生子加官地步。】却也是清河县中一个殷实的人家。【夹批：为后奢华反照。】只为这西门达员外夫妇去世得早，单生这个儿子却又百般爱惜，听其所为，【夹批：是不读书病根。】所以这人不甚读书，【夹批：大书特书一部作孽的病根。】终日闲游浪荡。一自父母亡后，专一在外眠花宿柳，惹草招风，学得些好拳棒，又会赌博，双陆象棋，抹牌道字，无不通晓。【夹批：是他一付作业的本事，预先说明。】结识的朋友，也都是些帮闲抹嘴、不守本分的人。第一个最相契的，姓应名伯爵，表字光侯，【夹批：应伯爵如此出法，所谓抹嘴也。】原是开绸缎铺应员外的第二个儿子，落了本钱，跌落下来，专在本司三院帮嫖贴食，因此人都起他一个诨名叫做应花子。又会一腿好气[毛求]，双陆棋子，件件皆通。第二个姓谢名希大，字子纯，【夹批：谢希大如此出法，所谓帮闲也。】乃清河卫千户官儿应袭子孙，自幼父母双亡，游手好闲，把前程丢了，亦是帮闲勤儿，会一手好琵琶。自这两个与西门庆甚合得来。【夹批：一束二人，再叙下八人，文字错落有别。】其余还有几个，都是些破落户，没名器的。一个叫做祝实念，表字贡诚。一个叫做孙天化，表字伯修，绰号孙寡嘴。一个叫做吴典恩，乃是本县阴阳生，因事革退，专一在县前与官吏保债，以此与西门庆往来。【夹批：顺手为放债一照。】还有一个云参将的兄弟叫做云理守，字非去。一个叫做常峙节，表字坚初。一个叫做卜志道。一个叫做白赉光，表字光汤。说这白赉光，众人中也有道他名字取得不好听的，他却自己解说道："不然我也改了，只为当初取名的时节，原是一个门馆先生，说我姓白，当初有一个什么故事，是白鱼跃入武王舟。又说有两句书是‘周有大赉，于汤有光’，取这个意思，所以表字就叫做光汤。我因他有这段故事，也便不改了。”【夹批：看他叙出十兄弟，虽一篇小小文章，却参差错落，而与西门庆亲疏厚薄，以及后文各人的行事、终身、皆不烦言而毕见，真化工之笔也，惟古史迁可以似之。】说这一干共十数人，见西门庆手里有钱，又撒漫肯使，所以都乱撮哄着他耍钱饮酒，嫖赌齐行。正是：

把盏衔杯意气深，兄兄弟弟抑何亲。

一朝平地风波起，此际相交才见心。【夹批：总起西门交游。】

说话的，这等一个人家，生出这等一个不肖的儿子，又搭了这等一班无益有损的朋友，随你怎的豪富也要穷了，还有甚长进的日子！却有一个缘故，只为这西门庆生来秉性刚强，作事机深诡谲，又放官吏债，就是那朝中高、杨、童、蔡四大奸臣，他也有门路与他浸润。所以专在县里管些公事，与人把揽说事过钱，因此满县人都惧怕他。因他排行第一，人都叫他是西门大官人。这西门大官人先头浑家陈氏早逝，身边只生得一个女儿，叫做西门大姐，就许与东京八十万禁军杨提督的亲家陈洪的儿子陈敬济为室，【夹批：说西门侵润出大姐、敬济。盖明陈洪者，西门侵润之门也。因陈下，接手叙洪而通杨戬，因杨戬而通蔡京。故大姐、敬济后报独惨。】尚未过门。只为亡了浑家，无人管理家务，新近又娶了本县清河左卫吴千户之女填房为继室。这吴氏年纪二十五六，是八月十五生的，小名叫做月姐，后来嫁到西门庆家，都顺口叫他月娘。却说这月娘秉性贤能，夫主面上百依百随。【夹批：二语全为西门娘也，已于罪，不是赞月，卷首讲明。】房中也有三四个丫鬟妇女，都是西门庆收用过的。【夹批：伏雪娥、玉箫诸人。】又尝与勾栏内李娇儿打热，也娶在家里做了第二房娘子。南街又占着窠子卓二姐，名卓丢儿，包了些时，也娶来家做了第三房。只为卓二姐身子瘦怯，时常三病四痛，【夹批：以上正出三房妻妾，却是两实一虚。】他却又去飘风戏月，调弄人家妇女。【夹批：文气至此一顿，叙完西门出身，是一篇小文字。】正是：

东家歌笑醉红颜，又向西邻开玳宴。

几日碧桃花下卧，牡丹开处总堪怜。【夹批：总起西门罪孽。】

话说西门庆一日在家闲坐，对吴月娘说道："如今是九月廿五日了，【夹批：九月廿五日起头，九月十七日瓶儿死，自七至五，中余七日，七日来复之意。西门三十三岁，正月廿一日死。三十三老阳，廿一少阳。老边少，所以有孝哥也。】出月初三日，却是我兄弟们的会期。到那日也少不得要整两席齐整的酒席，叫两个唱的姐儿，自恁在咱家与兄弟们好生玩耍一日。你与我料理料理。"吴月娘便道："你也便别要说起这干人，哪一个是那有良心和行货！无过每日来勾使的游魂撞尸。我看你自搭了这起人，几时曾有个家哩！【夹批：逆入热结。】现今卓二姐自恁不好，我劝你把那酒也少要吃了。"西门庆道："你别的话倒也中听。今日这些说话，我却有些不耐烦听他。依你说，这些兄弟们没有好人，别的倒也罢了，自我这应二哥着一个人，本心又好又知趣，着人使着他，没有一个不依顺的，做事又十分停当。【夹批：将后文荐引诸伙计与说诸事，俱提出。内有王六二诸人在也。】就是那谢子纯这个人，也不失为个伶俐能事的好人。【夹批：又陪希大一句。】咱如今是这等计较罢，只管恁会来会去，终不着个切实。咱不如到了会期，都结拜了兄弟罢，明日也有个靠傍。”吴月娘接过来道：“结拜兄弟也好。只怕后日还是别个靠你的多哩。若要你去靠人，提傀儡儿上戏场——还少一口气儿哩。”西门庆笑道：“自恁长把人靠得着，却不更好了。咱只等应二哥来，与他说这话罢。”【夹批：出结拜，又是这等出去。】

正说着话，只见一个小厮儿，生得眉清目秀，伶俐乖觉，原是西门庆贴身伏侍的，唤名玳安儿，走到面前来说：“应二叔和谢大叔在外见爹说话哩。”【夹批：顺手出玳安。】西门庆道：“我正说他，他却两个就来了。”一面走到厅上来，只见应伯爵头上戴一顶新盔的玄罗帽儿，身上穿一件半新不旧的天青夹绉纱褶子，脚下丝鞋净袜，坐在上首。下首坐的，便是姓谢的谢希大。【夹批：希大处处陪写，故名希大。】见西门庆出来，一齐立起身来，边忙作揖道：“哥在家，连日少看。”西门庆让他坐下，一面唤茶来吃，说道：“你们好人儿，这几日我心里不耐烦，不出来走跳，你们通不来傍个影儿。”【夹批：试问出笔不如此，却如何开口。】伯爵向希大道：“何如？我说哥哥要说哩。”【夹批：妙！纯是白描，却是放重笔拿轻笔法，且须学之也。】因对西门庆道：“哥，你怪得是。连咱自也不知道成日忙些什么！自咱们这两只脚，还赶不上一张嘴哩。”西门庆因问道：“你这两日在哪里来？”伯爵道：“昨日在院中李家瞧了个孩子儿，就是哥这边二嫂子的侄女儿【旁批：一重亲。】桂卿的妹子，【旁批：一重亲。】叫做桂姐儿。几时儿不见她，就出落得好不标致了。到明日成人的时候，还不知怎的样好哩！昨日他妈再三向我说：‘二爹，千万寻个好子弟梳笼他。’敢怕明日还是哥的货儿哩。”【夹批：带出桂姐。】西门庆道：“有这等事！等咱空闲了去瞧瞧。”谢希大接过来道：“哥不信，委的生得十分颜色。”【夹批：希大说话，通是随如此，故不着伯爵，通篇终皆犯伯爵也。】西门庆道：“昨日便在他家，前几日却在哪里去来？”伯爵道：“便是前日卜志道兄弟死了，咱在他家帮着乱了几日，发送他出门。他嫂子再三向我说，叫我拜上哥，承哥这里送了香楮奠礼去，因他没有宽转地方儿，晚夕又没甚好酒席，不好请哥坐的，甚是过不意去。”西门庆道：“便是我闻得他不好得没多日子，就这等死了。我前日承他送我一把真金川扇儿，我正要拿甚答谢答谢，不想他又作了故人！”【夹批：既云兄弟，乃于生死时只如此冷淡杀人。于是兄弟身份如此，一笔直照西门庆死后也。】

谢希大便叹了一口气道：“咱会中兄弟十人，却又少他一个了。”因向伯爵说：“出月初三日，又是会期，咱每少不得又要烦大官人这里破费，兄弟们顽要一日哩。”【夹批：希大说出，便不及伯爵一步，所以妙也。】西门庆便道：“正是，我刚才正对房下说来，咱兄弟们似这等会来会去，无过只是吃酒顽要，不着一个切实，倒不如寻一个寺院里，写上一个疏头，结拜做了兄弟，到后日彼此扶持，有个傍靠。到那日，咱少不得要破些银子，买办三牲，众兄弟也便随多少各出些分资。不是我科派你们，这结拜的事，各人出些，也见些情分。”【夹批：是大老官口吻。】伯爵连忙道：“哥说得是。婆儿烧香当不得老子念佛，各自要尽自的心。【夹批：一承认。】只是俺众人们，老鼠尾巴生疮儿——有脓也不多。”【夹批：便是自谦，写尽帮闲丑态。】西门庆笑道：“怪狗才，谁要你多来！你说这话。”谢希大道：“结拜须得十个方好。【夹批：必须十个妙。如此方是这班人结拜也。】如今卜志道兄弟没了，却教谁补？”西门庆沉吟了一回，说道：【夹批：试想其沉吟为何？其沉吟中一个花儿娘已在也。妙绝。】“咱这间壁花二哥，原是花太监侄儿，手里肯使一股滥钱，【夹批：伏后转元宝。】常在院中走动。他家后边院子与咱家只隔着一层壁儿，与我甚说得来，咱不如叫小厮邀他邀去。”【夹批：算出子虚。】应伯爵拍着手道：“敢就是在院中包着吴银儿的花子虚么？”【夹批：顺出银儿。】西门庆道：“正是他！”伯爵笑道：“哥，快叫那个大官儿邀他去。与他往来了，咱到日后，敢又有一个酒碗儿。”西门庆笑道：“傻花子，你敢害馋痨痞哩，说着的是吃。”大家笑了一回。西门庆旋叫过玳安儿来说：“你到间壁花家去，对你花二爹说，如此这般：‘俺爹到了出月初三日，要结拜十兄弟，敢叫我请二爹上会哩。’看他怎的说，你就来回我话。你二爹若不在家，就对他二娘说罢。”【夹批：巧出瓶儿，此沉吟之故也，所以必拉他上会。】玳安儿应诺去了。伯爵便道：“到那日还在哥这里是，还在寺院里好？”希大道：“咱这里无过只两个寺院，僧家便是永福寺，道家便是玉皇庙。这两个去处，【夹批：玉皇庙、永福寺须记清白。是一部起结也，明明说出全以二处作始终的柱子，乃俗批伏出。可笑可笑。】随分那里去罢。”西门庆道：“这结拜的事，不是僧家管的，那寺里和尚，我又不熟，倒不如玉皇庙吴道官与我相熟，他那里又宽展又幽静。”伯爵接过来道：“哥说得是，敢是永福寺和尚倒和谢家嫂子相好，故要荐与他去的。”【夹批：虽随手成趣，亦映带讲花三娘心事。】希大笑骂道：“老花子，一件正事，说说就放出屁来了。”

正说笑间，只见玳安儿转来了，因对西门庆说道：“他二爹不在家，【夹批：此作者为要出瓶儿也，若说真个不在家，岂不大呆。】俺对他二娘说来。二娘听了，好不欢喜，说道：‘既是你西门爹携带你二爹做兄弟，哪有个不来的。等来家我与他说，【夹批：又说瓶儿作得主，以照下文。】至期以定撺掇他来，多拜上爹。’【夹批：四字绝妙，正对沉吟。】又与了小的两件茶食来了。”【夹批：又写瓶儿为人处，照下。】西门庆对应、谢二人道：“自这花二哥，倒好个伶俐标致娘子儿。”说毕，又拿一盏茶吃了，二人一齐起身道：“哥，别了罢，咱好去通知众兄弟，纠他分资来。哥这里先去与吴道官说声。”西门庆道：“我知道了，我也不留你罢。”于是一齐送出大门来。应伯爵走了几步，回转来道：“那日可要叫唱的?”西门庆道：“这也罢了，弟兄们说说笑笑，到有趣些。”说毕，伯爵举手，和希大一路去了。【夹批：须知此段文字，全为子虚。】

话休饶舌，捻指过了四五日，却是十月初一日。【夹批：初一日又起。】西门庆早起，刚在月娘房里坐的，只见一个才留头的小厮儿，【夹批：天福也着。】手里拿着个描金退光拜匣，【眉批：一拜匣而子虚殷实如见。】走将进来，向西门庆磕了一个头儿，立起来站在旁边说道：“俺是花家，俺爹多拜上西门爹。那日西门爹这边叫大官儿请俺爹去，俺爹有事出门了，不曾当面领教的。闻得爹这边是初三日上会，俺爹特使小的先送这些分资来，说爹这边胡乱先用着，等明日爹这里用过多少派开，该俺爹多少，再补过来便了。”西门庆拿起封袋一看，签上写着“分资一两”，便道：“多了，不消补的。到后日叫爹莫往那去，起早就要同众爹上庙去。”那小厮儿应道：“小的知道。”刚待转身，被吴月娘唤住，叫大丫头玉箫在食箩里拣了两件蒸酥果馅儿与他。【夹批：又处玉箫，为春梅一影，不然何以云大丫头也？影出春梅。】因说道：“这是与你当茶的。你到家拜上你家娘，临去秋波你说西门大娘说，迟几日还要请娘过去坐半日儿哩。”那小厮接了，又磕了一个头儿，应着去了。

西门庆才打发花家小厮出门，只见应伯爵家应宝夹着个拜匣，玳安儿引他进来见了，磕了头，说道：“俺爹纠了众爹们分资，叫小的送来，爹请收了。”西门庆取出来看，共总八封，也不拆看，都交与月娘，道：“你收了，到明日上庙，好凑着买东西。”说毕，打发应宝去了。立起身到那边看卓二姐。刚走到坐下，只见玉箫走来，说道：“娘请爹说话哩。”西门庆道：“怎的起先不说来?”随即又到上房，看见月娘摊着些纸包在面前，指着笑道：“你看这些分子，止有应二的是一钱二分八成银子，其余也有三分的，也有五分的，都是些红的黄的，倒像金子一般。咱家也曾没见这银子来，收他的也污个名，不如掠还他罢。”【夹批：又应出十兄弟身份，追魂摄魄之笔也。】西门庆道：“你也耐烦，丢着罢，咱多的也包补，在乎这些!”说着一直往前去了。【夹批：又一顿。】

到了次日初二日，【夹批：初二日。】西门庆称出四两银子，叫家人来兴儿【夹批：来兴儿。】买了一口猪、一口羊、五六坛金华酒和香烛纸札、鸡鸭案酒之物，又封了五钱银子，旋叫了大家人来保【夹批：来保儿必云大家人，后文俱出。】和玳安儿、来兴三个：“送到玉皇庙去，对你吴师父说：‘俺爹明日结拜兄弟，要劳师父做纸疏辞，晚夕就在师父这里散福。烦师父与俺爹预备预备，俺爹明早便来。’”只见玳安儿去了一会，来回说：“已送去了，吴师父说知道了。”

须臾，过了初二，【夹批：又一顿。】次日初三早，【夹批：初三。】西门庆起来梳洗毕，叫玳安儿：“你去请花二爹，到咱这里吃早饭，一同好上庙去。【夹批：心在瓶儿。】一发到应二叔家，叫他催催众人。”玳安应诺去，刚请花子虚到来，只见应伯爵和一班兄弟也来了，却正是前头所说的这几个人。为头的便是应伯爵，谢希大、孙天化、祝念实、吴典恩、云理守、常峙节、白赉光，连西门庆、花子虚共成十个。进门来一齐箩圈作了一个揖。伯爵道：“咱时候好去了。”西门庆道：“也等吃了早饭着。”便叫：“拿茶来。”一面叫：“看菜儿。”须臾，吃毕早饭，【夹批：又一文字细顿，极。】西门庆换了一身衣服，打选衣帽光鲜，一齐径往玉皇庙来。不到数里之遥，早望见那座庙门，造得甚是雄峻。但见：

殿宇嵯峨，宫墙高耸。正面前起着一座墙门八字，一带都粉赭色红泥；

进里边列着三条甬道川纹，四方都砌水痕白石。正殿上金碧辉煌，两廊下檐阿峻峭。三清圣祖庄严宝相列中央，太上老君背倚青牛居后殿。

进入第二重殿后，转过一重侧门，却是吴道官的道院。进得门来，两下都是些瑶草琪花，苍松翠竹。西门庆抬头一看，只见两边门楹上贴着一副对联道：

洞府无穷岁月，
壶天别有乾坤。

上面三间敞厅，却是吴道官朝夕做作功课的所在。当日铺设甚是齐整，上面挂的是昊天金阙玉皇上帝，【旁批：一个陪客。】两边列着的紫府星官，【旁批：两个陪客。】侧首挂着【旁批：引入。】便是马、赵、温、关四大元帅。当下吴道官却又在经堂外躬身迎接。西门庆一起人进入里边，献茶已罢，众人都起身，四围观看。白赉光携着常峙节手儿，从左边看将过来，【旁批：有层次。】一到马元帅面前，见这元帅威风凛凛，相貌堂堂，面上画着三只眼睛，便叫常峙节道：“哥，这却是怎的说？如今世界，开只眼闭只眼儿便好，还经得多出只眼睛看人破绽哩！”应伯爵听见，走过来道："呆兄弟，他多只眼儿看你倒不好么？"【夹批：先点西门。】众人笑了。常峙节便指着下首温元帅道："二哥，这个通身蓝的，却也古怪，敢怕是卢杞的祖宗。"伯爵笑着猛叫道："吴先生你过来，我与你说个笑话儿。"那吴道官真个走过来听他。伯爵道："一个道家死去，见了阎王，阎王问道：'你是什么人？'道者说：'是道士。'阎王叫判官查他，果系道士，且无罪孽。这等放他还魂。只见道士转来，路上遇着一个染房中的博士，原认得的，那博士问道：'师父，怎生得转来？'道者说：'我是道士，所以放我转来。'那博士记了，见阎王时也说是道士。那阎王叫查他身上，只见伸出两只手来是蓝的，问其何故。那博士打着宣科的声音道：'曾与温元帅搔胞。'"【夹批：伯爵辈写照。】说得众人大笑。一面又转过右首来，见下首供着个红脸的却是关帝。上首又是一个黑面的是赵元坛元帅，身边画着一个大老虎。【旁批：又引入。】白赉光指着道："哥，你看这老虎，难道是吃素的，随着人不妨事么？"伯爵笑道："你不知，这老虎是他一个亲随的伴当儿哩。"谢希大听得走过来，伸出舌头道："这等一个伴当随着，我一刻也成不的。我不怕他要吃我么？"伯爵笑着向西门庆道："这等亏他怎的过来！"西门庆道："却怎的说？"伯爵道："子纯一个要吃他的伴当随不的，似我们这等七八个要吃你的随你，却不吓死了你罢了。"【夹批：总写十兄弟。】说着，一齐正大笑时，吴道官走过来，说道："官人们讲这老虎，只俺这清河县，这两日好不受这老虎的亏！往来的人也不知吃了多少，就是猎户，也害死了十来人。"西门庆问道："是怎的来？"吴道官道："官人们还不知道。不然我也不晓得，只因日前一个小徒，到沧州横海郡柴大官人那里去化些钱粮，整整住了五七日，才得过来。俺这清河县近着沧州路上，有一条景阳冈，冈上新近出了一个吊睛白额老虎，时常出来吃人。客商过往，好生难走，必须要成群结伙而过。如今县里现出着五十两赏钱，要拿他，白拿不得。可怜这些猎户，不知吃了多少限棒哩！”白赉光跳起来道：“咱今日结拜了，明日就去拿他，也得些银子使。”西门庆道：“你性命不值钱么？”白赉光笑道：“有了银子，要性命怎的！”众人齐笑起来。应伯爵道：“我再说个笑话你们听：【旁批：又荡开。】一个人被虎衔了，他儿子要救他，拿刀去杀那虎。这人在虎口里叫道：‘儿子，你省可而地砍，怕砍坏了虎皮。’”说着众人哈哈大笑。【夹批：自上面三开至此，总是为冷遇作楔子，不是热结中文字。】

只见吴道官打点牲礼停当，来说道：“官人们烧纸罢。”一面取出疏纸来，说：“疏已写了，只是哪位居长？哪位居次？排列了，好等小道书写尊讳。”【夹批：至此才叙热结正文。】众人一齐道：“这自然是西门大官人居长。”【旁批：目中全无子虚。】西门庆道：“这还是叙齿，应二哥大如我，是应二哥居长。”伯爵伸着舌头道：“爷，可不折杀小人罢了！如今年时，只好叙些财势，那里好叙齿！若叙齿，这还有大如我的哩。且是我做大哥，有两件不妥：第一不如大官人有威有德，众兄弟都服你；第二我原叫做应二哥，如今居长，却又要叫应大哥，【夹批：言下已反衬子虚没认第二用，故伯爵自己先坐矣。】倘或有两个人来，一个叫‘应二哥’，一个叫‘应大哥’，我还是应‘应二哥’，应‘应大哥’呢？”西门庆笑道：“你这挡断肠子的，单有这些闲说的！”谢希大道：“哥，休推了。”西门庆再三谦让，被花子虚、应伯爵等一干人逼勒不过，只得做了大哥。第二便是应伯爵，第三谢希，第四让花子虚有钱做了四哥。【夹批：有钱且居第四，总写子虚不堪。】其余挨次排列。吴道官写完疏纸，于是点起香烛，众人依次排列。吴道官伸开疏纸朗声读道：

维大宋国山东东平府清河县信士【夹批：妙，然则不过作成吴道官一次耳。】

西门庆、应伯爵、谢希大、花子虚、孙天化、祝念实、云理守、吴典恩、常峙节、白赉光等，是日沐手焚香请旨。伏为桃园义重，众心仰慕而敢效其风；管鲍情深，各姓追维而欲同其志。况四海皆可兄弟，岂异姓不如骨肉？是以涓今政和　　年　　月　　日，营备猪羊牲礼，鸾驭金资，瑞叩斋坛，虔诚请祷，拜投昊天金阙玉皇上帝，五方值日功曹，本县城隍社令，过往一切神祇，仗此真香，普同鉴察。伏念庆等生虽异日，死冀同时，期盟言之永固；安乐与共，颠沛相扶，思缔结以常新。必富贵常念贫穷，乃始终有所依倚。情共日往以月来，谊若天高而地厚。伏愿自盟以后，相好无尤，更祈人人增有永之年，户户庆无疆之福。凡在时中，全叨覆庇，谨疏。

政和　　年　　月　　日文疏

吴道官读毕，众人拜神已罢，依次又在神前交拜了八拜。【旁批：只是如此结拜便了。】然后送神，焚化钱纸，收下福礼去。不一时，吴道官又早叫人把猪羊卸开，鸡鱼果品之类整理停当，俱是大碗大盘摆下两桌。西门庆居于首席，其余依次而坐，吴道官侧席相陪。须臾，酒过数巡，众人猜枚行令，耍笑哄堂，【旁批：只是如此便了。】不必细说。正是：

才见扶桑日出，又看曦驭衔山。

醉后倩人扶去，树梢新月弯弯。

饮酒热闹间，只见玳安儿来附西门庆耳边说道："娘叫小的接爹来了，说三娘今日发昏哩，请爹早些家去。"西门庆随即立起来说道："不是我摇席破座，委的我第三个小妾十分病重，咱先去休。"只见花子虚道："咱与哥同路，咱两个一搭儿去罢。"伯爵道："你两个财主的都去了，丢下俺们怎的！花二哥你再坐回去。"西门庆道："他家无人，【旁批：又串入瓶儿。】俺两个一搭里去的是，省和他嫂子疑心。"【夹批：意在斯人，不觉口头溜出，真有此情。】玳安儿道："小的来时，二娘也叫天福儿备马来了。"只见一个小厮走近前，向子虚道："马在这里，娘请爹家去哩。"于是二人一齐起身，【夹批：独写二人同来同往，愈衬后文不堪尤甚。】向吴道官致谢打搅，与伯爵等举手道："你们自在要要，我们去也。"说着出门上马去了。单留下这几个嚼倒泰山不谢土的，在庙流连痛饮不题。

却表西门庆到家，与花子虚别了进来，问吴月娘："卓二姐怎的发昏来？"月娘道："我说一个病人在家，恐怕你搭了这起人又缠到那里去了，故此叫玳安儿恁地说。【夹批：开首即写月娘无理不通，真无理不通杀人！天下岂有以他人死信之口出来，作我请人之用乎？且是对西门庆说，岂无理不通更可恨。】只是一日日觉得重来，你也要在家看她的是。"西门庆听了，往那边去看，连日在家守着不题。【夹批：热结十兄弟已完。】

却说光阴过隙，又早是十月初十外了。【夹批：十月初十外。】一日，西门庆正使小厮请太医诊视卓二姐病症，刚走到厅上，只见应伯爵笑嘻嘻走将进来。西门庆与他作了揖，让他坐了。伯爵道："哥，嫂子病体如何？"西门庆道："多分有些不起解，不知怎的好。”因问：“你们前日多咱时分才散？”伯爵道：“承吴道官再三苦留，散时也有二更多天气。咱醉的要不的，倒是哥早早来家的便益些。”【夹批：又足前文。】西门庆因问道：“你吃了饭不曾？”伯爵不好说不曾吃，因说道：“哥，你试猜。”西门庆道：“你敢是吃了？”伯爵掩口道：“这等猜不着。”【夹批：灵极之笔，却为看武松作势。】西门庆笑道：“怪狗才，不吃便说不曾吃，有这等张致的！”一面叫小厮：“看饭来，咱与二叔吃。”伯爵笑道：“不然咱也吃了来了，【夹批：又是这等说人。】咱听得一件稀罕的事儿，来与哥说，要同哥去瞧瞧。”【夹批：看打虎，前已安线在吴道官口中。今止用伯爵来说足矣，乃又不肯直出，却闲闲借不吃饭写出。则打虎真是好看，武松又真是好看；二十分身分，在一闲话描出。《金瓶》笔法惯用此等也。】西门庆道：“甚么稀罕的？”伯爵道：“就是前日吴道官所说的景阳冈上那只大虫，昨日被一个人一顿拳头打死了。”西门庆道：“你又来胡说了，咱不信。”伯爵道：“哥，说也不信，你听着，等我细说。”于是手舞足蹈说道：【夹批：活现。】“这个人有名有姓，姓武名松，排行第二。”先前怎的避难在柴大官人庄上，后来怎的害起病来，病好了又怎的要去寻他哥哥，【夹批：武大郎已出矣。】过这景阳冈来，怎的遇了这虎，怎的怎的被他一顿拳脚打死了。一五一十说来，就像是亲见的一般，又像这只猛虎是他打的一般。【夹批：一段文字，武二出来，武大亦出来，而虚拟打虎、传闻打虎者，色色皆到，却只是八个“怎的”，两个“像是”便觉奇绝，妙绝。】说毕，西门庆摇着头儿道：“既恁的，咱与你吃了饭同去看来。”伯爵道：“哥，不吃罢，怕误过了。【夹批：又作声价，可知先不吃饭来，非描伯爵为饭也。】咱们倒不如大街上酒楼上去坐罢。”【夹批：又作卸脱三人地步。】只见来兴儿来放桌儿，西门庆道：“对你娘说，叫别要看饭了，拿衣服来我穿。”

须臾，换了衣服，与伯爵手拉着手儿同步出来。路上撞着谢希大，笑道："哥们，敢是来看打虎的么？"【夹批：又作声价。】西门庆道："正是。"谢希大道："大街上好挨挤不开哩。"于是一同到临街一个大酒楼上坐下。不一时，只听得锣鸣鼓响，众人都一齐瞧看。【夹批：十倍声价，是好武二。】只见一对对缨枪的猎户，摆将过来，后面便是那打死的老虎，好像锦布袋一般，四个人还抬不动。【夹批：是虎。是打虎者。】末后一匹大白马上，坐着一个壮士，就是那打虎的这个人。西门庆看了，咬着指头道："你说这等一个人，若没有千百斤水牛般气力，怎能够动他一动儿。"【夹批：文照应西门庆这边一句，又使西门庆心中眼中有一武二也。】这里三个儿饮酒评品，按下不题。【夹批：武二已出，故且用不着药引子也。然而卸脱处又绝不苟。】

单表迎来的这个壮士怎生模样？但见：

> 雄躯凛凛，七尺以上身材；阔面棱棱，二十四五年纪。双目直竖，远望处犹如两点明星；两手握来，近觑时好似一双铁碓。脚尖飞起，深山虎豹失精魂；拳手落时，穷谷熊罴皆丧魄。头戴着一顶万字头巾，上簪两朵银花；身穿着一领血腥衲袄，披着一方红锦。

这人不是别人，就是应伯爵说所阳谷县的武二郎。只为要来寻他哥子，【夹批：百忙里又点题面，庶下文冷遇不突，接笋处不费手也。】不意中打死了这个猛虎，被知县迎请将来。【旁批：天下得意事，都在不意中做出。】众人看着他迎入县里。却说这时正值知县升堂，武松下马进去，扛着大虫在厅前。知县看了武松这般模样，心中自忖道："不恁地，怎打得这个猛虎！"【夹批：武松又一照。】

便唤武松上厅。参见毕，将打虎首尾诉说一遍。两边官吏都吓呆了。知县在厅上赐了三杯酒，将库中众土户出纳的赏钱五十两，赐与武松。武松禀道："小人托赖相公福荫，偶然侥幸打死了这个大虫，非小人之能，如何敢受这些赏赐！众猎户因这畜生，受了相公许多责罚，何不就把赏给散与众人，也显得相公恩典。"【夹批：不知者谓是武松好处，不知此自是作者要武松在清河县中作都头，好遇武大也。】知县道："既是如此，任从壮士处分。"武松就把这五十两赏钱，在厅上散与众猎户传去了。知县见他仁德忠厚，又是一条好汉，有心要抬举他，便道："你虽是阳谷县人氏，与我这清河县只在咫尺。我今日就参你在我县里做个巡捕的都头，专在河东水西擒拿贼盗，你意下如何？"武松跪谢道："若蒙恩相抬举，小人终身受赐。"知县随即唤押司立了文案，当日便参武松做了巡捕都头。众里长大户都来与武松作贺庆喜，连连吃了数日酒。正要回阳谷县去抓寻哥哥，【夹批：又入正文。】不料又在清河县做了都头，却也欢喜。那时传得东平一府两县，皆知武松之名。正是：

壮士英雄艺略芳，挺身直上景阳冈。
醉来打死山中虎，自此声名播四方。

却说武松一日在街上闲行，只听背后一个人叫道："兄弟，【夹批：二字刺入心肺。】知县相公抬举你做了巡捕都头，怎不看顾我！"武松回头见了这人，不觉得欣从额角眉边出，喜逐欢容笑口开。

这人不是别人，却是武松日常间要去寻他的嫡亲哥哥武大。【夹批：方知伯爵口中，及后文两番叙说，为此一句也。】却说武大自从兄弟分别之后，因时遭饥馑，搬移在清河县紫石街赁房居住。人见他为人懦弱，模样猥蕤，起了他个诨名叫做三寸丁谷树皮，俗语言其身上粗糙，头脸窄狭故也。只因他这般软弱朴实，多欺侮也。这也不在话下。【夹批：写子虚、武大是一类，是两样，却不犯手。】且说武大无甚生意，终日挑担子出去街上卖炊饼度日，不幸把浑家故了，丢下个女孩儿，年方十二岁，名唤迎儿，爷儿两个过活。那消半年光景，又消折了资本，移在大街坊张大户家临街房居住。张宅家下人见他本分，常看顾他，照顾他依旧卖些炊饼。闲时在铺中坐地，武大无不奉承。因此张宅家下人个个都欢喜，在大户面前一力与他说方便。因此大户连房钱也不问武大要。

却说这张大户有万贯家财，百间房屋，年约六旬之上，身边寸男尺女皆无。妈妈余氏，主家严厉，房中并无清秀使女。只因大户时常拍胸叹气道："我许大年纪，又无儿女，虽有几贯家财，终何大用。"妈妈道："既然如此说，我叫媒人替你买两个使女，早晚习学弹唱，服侍你便了。"大户听了大喜，谢了妈妈。过了几时，妈妈果然叫媒人来，与大户买了两个使女，一个叫做潘金莲，【夹批：出金莲。】一个唤做白玉莲。玉莲年方二八，乐户人家出身，生得白净小巧。这潘金莲却是南门外【夹批：南门外，记清。】潘裁的女儿，排行六姐。因她自幼生得有些姿色，缠得一双好小脚儿，所以就叫金莲。她父亲死了，做娘的度日不过，从九岁卖在王招宣府里，【夹批：王招宣，须记清。】习学弹唱，闲常又教她读书写字。她本性机变伶俐，不过十二三，就会描眉画眼，傅粉施朱，品竹弹丝，女工针指，知书识字，梳一个缠髻儿，着一件扣身衫子，做张做致，乔模乔样。【夹批：金莲小传，开卷数语直与西门庆相对。】到十五岁的时节，王招宣死了，潘妈妈争将出来，三十两银子转卖于张大户家，与玉莲同时进门。大户教她习学弹唱，金莲原自会的，甚是省力。金莲学琵琶，【夹批：又点琵琶。】玉莲学筝，这两个同房歇卧。主家婆余氏初时甚是抬举二人，与她金银首饰装束身子。后日不料白玉莲死了，止落下金莲一人，长成一十八岁，出落得脸衬桃花，眉弯新月。张大户每要收她，只碍主家婆厉害，不得到手。一日主家婆邻家赴席不在，大户暗把金莲唤至房中，遂收用了。正是：

莫讶天台相见晚，刘郎还是老刘郎。

大户自从收用金莲之后，不觉身上添了四五件病症。端的哪五件？【夹批：大户五件病，西门五件事，遥遥相对，然有事不愁无病也。】第一腰便添疼，第二眼便添泪，第三耳便添聋，第四鼻便添涕，第五尿便添滴。自有了这几件病后，主家婆颇知其事，与大户嚷骂了数日，将金莲百般苦打。大户知道不容，却赌气倒赔了房奁，要寻嫁得一个相应的人家。大户家下人都说武大忠厚，见无妻小，又住着宅内房儿，堪可与他。这大户早晚还要看觑此女，因此不要武大一文钱，白白地嫁与他为妻。这武大自从娶了金莲，大户甚是看顾他。若武大没本钱做炊饼，大户私与他银两。武大若挑担儿出去，大户候无人，便踅入房中与金莲厮会。武大虽一时撞见，原是他的行货，不敢声言。朝来暮往，也有多时。忽一日大户得患阴寒病症，呜呼死了。【夹批：金莲起手试手段处，已斩了一个愚夫。】主家婆察知其事，怒令家僮将金莲、武大即时赶出。武大故此遂寻了紫石街西王皇亲房子，赁内外两间居住，依旧卖炊饼。

原来这金莲自嫁武大，见他一味老实，人物猥琐，甚是憎嫌，常与他合气。报怨大户："普天世界断生了男子，何故将我嫁与这样个货！每日牵着不走，打着倒退的，只是一味吃酒，着紧处却是锥钯也不动。奴端的那世里晦气，却嫁了他！是好苦也！"常无人处，唱个《山坡羊》为证：

想当初，姻缘错配，奴把你当男儿汉看觑。不是奴自己夸奖，他乌鸦怎配鸾凤对！奴真金子埋在土里，他是块高号铜，怎与俺金色比！他本是块顽石，有甚福抱着我羊脂玉体！好似粪土上长出灵芝。奈何，随他怎样，到底奴心不美。听知：奴是块金砖，怎比泥土基！

看官听说：但凡世上妇女，若自己有几分颜色，所禀伶俐，配个好男子便罢了，若是武大这般，虽好杀也未免有几分憎嫌。自古佳人才子相配着的少，买金偏撞不着卖金的。

武大每日自挑担儿出去卖炊饼，到晚方归。那妇人每日打发武大出门，只在帘子下嗑瓜子儿，【夹批：此处已伏帘子。】一径把那一对小金莲故露出来，勾引浮浪子弟，日逐在门前弹胡博词，撒谜语，叫唱："一块好羊肉，如何落在狗嘴里？"油似滑的言语，无般不说出来。因此武大在紫石街又住不牢，要往别处搬移，与老婆商议。妇人道："贼馄饨不晓事的，你赁人家房住，浅房浅屋，可知有小人罗唣！不如添几两银子，看相应的，典上他两间住，却也气概些，免受人欺侮。"武大道："我哪里有钱典房？"妇人道："呸！浊才料，你是个男子汉，倒摆布不开，常交老娘受气。没有银子，把我的钗梳凑办了去，有何难处！过后有了再治不迟。"【夹批：本来犹可为善，则王婆可剐也。】武大听老婆这般说，当下凑了十数两银子，典得县门前楼上下两层四间房屋居住。第二层是楼，两个小小院落，甚是干净。

武大自从搬到县西街上来，照旧卖炊饼过活，【夹批：此一篇清析文字，下文用“不想这日”四字，便瞒过插入的这篇文字去。妙妙!】不想这日撞见自己嫡亲兄弟。当日兄弟相见，心中大喜。一面邀请到家中，让至楼上坐，房里唤出金莲来，与武松相见。因说道：“前日景阳冈上打死大虫的，便是你的小叔。今新充了都头，是我一母同胞兄弟。”【夹批：遥映“热结”。】那妇人叉手向前，便道：“叔叔【夹批：一。】万福。”武松施礼，倒身下拜。妇人扶住武松道：“叔叔【夹批：二。】请起，折杀奴家。”武松道：“嫂嫂受礼。”两个相让了一回，都平磕了头起来。少顷，小女迎儿拿茶，二人吃了。武松见妇人十分妖娆，只把头来低着。【夹批：写妇人，写武松，毛发皆动。】不多时，武大安排酒饭，款待武松。

说话中间，武大下楼买酒菜去了，丢下妇人，独自在楼上陪武松坐地。看了武松身材凛凛，相貌堂堂，又想他打死了那大虫，毕竟有千百斤气力。口中不说，心下思量道：【夹批：又从打虎上入妇人心事，我固云《金瓶》惯用此曲笔也。】“一母所生的兄弟，怎生我家那身不满尺的丁树，三分似人七分似鬼，奴哪世里遭瘟撞着他来！如今看起武松这般人壮健，何不叫他搬来我家住？想这段姻缘却在这里了。”于是一面堆下笑来，问道：“叔叔【夹批：三。】你如今在哪里居住？每日饭食谁人整理？”武松道：“武二新充了都头，逐日答应上司，别处住不方便，胡乱在县前寻了个下处，每日拨两个土兵伏侍做饭。”妇人道：“叔叔【夹批：四。】何不搬来家里住？省得在县前土兵服侍做饭腌臜。一家里住，早晚要些汤水吃时，也方便些。就是奴家亲自安排与叔叔【夹批：五。】吃，也干净。”武松道：“深谢嫂嫂。”妇人又道：“莫不别处有婶婶？可请来厮会。”武松道：“武二并不曾婚娶。”妇人道：

“叔叔【夹批：六。】青春多少?”武松道：“虚度二十八岁。”妇人道：“原来叔叔【夹批：七。】倒长奴三岁。叔叔【夹批：八。】今番从哪里来?”武松道：“在沧州住了一年有余，只想哥哥在旧房居住，不道移在这里。”妇人道：“一言难尽。自从嫁得你哥哥，吃他忒善了，被人欺负，才到这里来。若是叔叔【夹批：九。】这般雄壮，谁敢道个不字!”武松道：“家兄从来本分，不似武松撒泼。”妇人笑道：“怎的颠倒说！常言：人无刚强，安身不长。奴家平生性快，看不上那三打不回头，四打和身转的”武松道：“家兄不惹祸，免得嫂嫂忧心。”【夹批：一路纯是白描勾挑。】二人在楼上一递一句地说。有诗为证：

叔嫂萍踪得偶逢，娇娆偏逞秀仪容。

私心便欲成欢会，暗把邪言钓武松。

话说金莲陪着武松正在楼上说话未了，只见武大买了些肉菜果饼归家。放在厨房，走上楼来，叫道：“大嫂，你且下来则个。”那妇人应道：“你看那不晓事的！叔叔【夹批：十。】在此无人陪侍，却交我撇了下去。”武松道：“嫂嫂请方便。”妇人道：“何不去间壁请王干娘来安排？只是这般不见便。”【夹批：又出王婆。】武大便自去央了间壁王婆来。安排端正，都拿上楼来，摆在桌子上，无非是些鱼肉果菜点心之类。随即烫酒上来。武大叫妇人坐了主位，武松对席，武大打横。三人坐下，把酒来斟，武大筛酒在各人面前。那妇人拿起酒来道：“叔叔【夹批：十一。】休怪，没甚管待，请杯儿水酒。”武松道：“感谢嫂嫂，休这般说。”武大只顾上下筛酒，那妇人笑容可掬，满口儿叫：“叔叔，【夹批：十二。】怎的肉果儿也不拣一箸儿?”拣好的递将过来。武松是个直性的汉子，只把做亲嫂嫂相待。谁知这妇人是个使女出身，惯会小意儿。亦不想这妇人一片引人心。那妇人陪武松吃了几杯酒，一双眼只看着武松的身上。武松吃他看不过，只得倒低了头。【夹批：又描妇人武二一遍。】吃了一歇，酒阑了，便起身。武大道："二哥没事，再吃几杯儿去。"武松道："生受，我再来望哥哥嫂嫂罢。"都送下楼来。出得门外，妇人便道："叔叔【夹批：将上文无数叔叔，至此一总。】是必上心搬来家里住，若是不搬来，俺两口儿也吃别人笑话。亲兄弟难比别人，【夹批：虽是金莲的话，却是一回的总结，试思文不一总，只顾写下半回，如何结上半回？文字照顾之法，全在人不能测也。】与我们争口气，也是好处。"武松道："既是嫂嫂厚意，今晚有行李便取来。"妇人道："奴这里等候哩！"【夹批：又点琵琶。】正是：

满前野意无人识，几点碧桃春自开。

仲兄竹坡传

弟　道渊

兄名道深，字自得，号曰竹坡。余兄弟九人，而殇者五，兄虽居仲，而实行四。岁庚戌，母一夕梦绣虎跃于寝室，掀髯起立，化为伟丈夫，遂生兄。甫能言笑，即解声调。六岁，辄赋小诗。一日丱角侍父侧，座客命对曰："河上观音柳。"兄应声曰："园外大夫松。"举座奇之。父由是愈钟爱兄。兄长余二岁，幼时同就外傅。余质钝，尽日咿唔，不能成诵，兄终朝嬉戏，及塾师考课，始为开卷。一寓目，即朗朗背出，如熟读者然。余每遭夏楚，兄更得美誉焉。一日，师他出，余拣时艺一纸、玩物一枚，与兄约曰："读一过，而能背诵不忘者，即以为寿；设有遗错，当以他物相偿。"兄笑诺。乃一手执玩具，一手持文读之。余从旁催促，且故作他状以乱之。读竟复诵，只字不讹，同社尽为倾倒。

父欲兄早就科第，恐童子试羁縻时日，遂入成均。十五赴棘围，点额而还。旋丁父艰，哀毁致病。兄体臞弱，青气恒形于面，病后愈甚。伯父奉政公尝面谕曰："侄气色非正，恐不永年，当善自调摄。”呜呼，早先见及之矣。

兄素善饮，且狂于酒，自是戒之，终身涓滴不入于口。兄性不羁，一日家居，与客夜坐，客有话及都门诗社之盛者，兄喜曰：“吾即一往观之，客能从否？”客方以兄言为戏，未即应。次晨，客晓梦未醒，而兄已束装就道矣。长安诗社每聚会不下数十百辈，兄访至，登上座，竞病分拈，长章短句，赋成百有余首。众皆压倒。一时，都下称为竹坡才子云。兄读书，一目能十数行下。偶见其翻阅稗史，如《水浒》、《金瓶》等传，快若败叶翻风，晷影方移，而览辄无遗矣。曾向余曰：“《金瓶》针线缜密，圣叹既殁，世鲜知者，吾将拈而出之。”

遂键户旬有余日而批成。或曰：“此稿货之坊间，可获重价。”兄曰：“吾岂谋利而为之耶？吾将梓以问世，使天下人共赏文字之美，不亦可乎？”遂付剞劂，载之金陵，于是远近购求，才名益振。四方名士之来白下者，日访兄以数十计。兄好交游，虽居邸社，而座上常满。日以所入，仅足以供挥霍。一朝大呼曰：“大丈夫宁事此以羁吾身耶！”遂将所刊梨枣，弃置于逆旅主人，罄身北上。遇故人于永定河工次。友荐兄河干效力。兄曰：“吾聊试为之。”于是昼则督理插畚，夜仍秉烛读书达旦。兄虽立有羸形，而精神独异乎众，能数十昼夜目不见睫，不以为疲。然而销铄元气，致命之由，实基于此矣。工竣，诣巨鹿，会计帑金。寓客舍，一夕突病，呕血数升。同事者惊相视，急呼医来，已不出一语。药铛未沸，而兄奄然气绝矣。时年二十有九。与李唐王子安岁数适符。吁，千古才人如出一辙，余大不解彼苍苍者果何意也！兄既殁，检点行橱，惟有四子书一部、文稿一束、古砚一枚而已。嗟乎，之数物者，即以为殉可也。

兄一生负才拓落，五困棘围，而不能博一第，赍志而殁，何其陨哉！然著书立说，已留身后之名，千百世后，凭吊之者，咸知有竹坡其人。是兄虽死，而有不死者在也。兄自六龄能诗，以至于殁，其间二十余年，诗古文词，无日无之。然皆随手散亡，不复存稿。搜求败纸囊中，仅得如干首。一斑片羽，徒令人增怛耳。呜呼，惜哉！子二：彦宝、彦瑜。

录于彭城《张氏族谱》

司城张公传

胡　铨

司城张公，讳志羽，字季超，一字雪客，籛城世胄也。疏髯伟干，秀眉炯目，神锋渊著，精采焕发。奕奕荫百十许人，朗朗若万间屋。生甫周，其父殉难睢阳。伯兄随大军南渡，仲兄仅八龄，扶父柩，并奉其母两太夫人走烽火中，数百里以归。公在襁褓，遭跋涉、冒惊恐，因而一生善病，如汉文成侯。

公年十三，伯兄远镇天雄，仲兄以内史入侍清班，群从各复蝉联鹊起以去。公内而亲帏独奉，色笑承欢；外而广结宾朋，座中常满。而乃周旋恬雅，揖让雍容，止觉奇气英英，扑人眉宇。至其宗理家政，则部署有方，屏当不紊。夫以翩翩年少，具此练达之才，每令老生宿儒，对之挢舌，佥曰："王孙公子，不镂自雕，此谚信不虚矣。"当是时，流氛蹂躏之余，吾徐惊鸿甫奠，俗鄙风颓。公乃肆力芸编，约文会友，一时闻风兴起，诵读之声盈于里巷。公又念国家用武之秋，弧矢之事尤不可缓，更结经济社，标以射约，而少年英俊辈，纷纷然操弓挟矢以从。由此，国俗为之丕变。公敷陈事理，词义精剀，声响朗然。郡中巨细事咸质诸公。公剖分明晰，悉中肯綮，而杰黠争雄纠结难明者，当公片语，莫不含羞释忿而退。盖公临事刚而不亢，柔而不亵，直爽轩豁，音吐鸿畅，令人凛然如对巨鉴，而不能隐其迹也。公门第迥然，而晰产仍不及中人。且性喜挥霍，屡以涩囊致困。客劝公经营子母，以为饶裕计，公笑曰："珠帘玉箔之奇，金屋瑶台之美，虽时俗之崇丽，实哲人之所鄙。吾正恐王郎阿堵中物，有时气臭熏蒸而见鄙于哲人。"客惭谢去。公无轩冕情，有邱壑想。每于长松片石之间，山晓水明之候，琴樽自适，丝竹怡情。朗畅之怀，直欲不容一点俗尘飞来左右者。公最重交游，尝结同声社，远近名流，闻声毕集。中州侯朝宗方域，时下负盛名；北谯吴玉林国缙，词坛宗匠，皆间关入社，盛可知矣。刊有《同声集》。诗若干卷行于世。

湖上李笠翁渔偶过彭门，寓公庑下，流连不忍去者将匝岁。同里吕清履维扬、孙直公日绳、居梦真毓香、杨义、曾巩、徐硕、林海之数子，常与公共，数晨夕于烟霞泉石之间，数十年无间然也。公一日扶病出数十里外，哭其至友于悬水村。过恸，归途冒风雪，病转剧。因着床褥，遂不起。吁，公以至性死于友，公父以至性死于君，易地皆然。而志节萃于一门，能不令人景行而仰止耶！

方公之啸傲林泉也，闾里望其仕，群相告曰："东山不起，如苍生何？此语竟忘之耶？"公笑而不言。交亲劝其仕，私相谓曰："慕容垂乘父兄之资，少加依仗，便足立功，此语竟忘之耶？"公不答。公之伯兄强公之都下，逼之仕。激相问曰："伯石辞卿，子产所恶。少而学，壮而行，致身显盛，光大前人遗烈，此语竟忘之耶？"公勉应之，授司城之衔，旋即遄归，终不仕。

子四人：长道弘，以上林牧改授江右观察参军，擅丹青，长于北宋没骨图，名噪一时。次道深，有时名世，咸称竹坡才子云。次道渊；此道引。

南村老农胡铨曰："吉云之乡产朱草，炊玉为粥，一匙沾唇，三匝岁腹犹果，然用拯灾黎，当活咸页颔无筭，万斯仓不足多也。岁大有，谷贱于荑稗，玉靡事于麋。渤澥之间有遗珠焉，尽人愍其沉沦，代珠致慨，珠方自喜，未撄世纲，生全于海为大幸。公握珠抱玉，珠终其世，弗罹于罗，玉葆完璞。于戏！尚矣。玄晏先生尝谓：高让之士厉浊激贪，公其人欤！"

录于彭城《张氏族谱》

图书在版编目(CIP)数据

《金瓶梅》评点 / (清) 张竹坡著 ; 田秉锷, 康明超编.
— 北京 : 中国文史出版社, 2017.1(2025.9 重印)
(徐州明清十人文萃)
ISBN 978-7-5034-8488-9

Ⅰ. ①金… Ⅱ. ①张… ②田… ③康… Ⅲ. ①《金瓶梅》-小说研究 Ⅳ. ①I207.419

中国版本图书馆 CIP 数据核字(2016)第 267333 号

责任编辑：马合省 薛媛媛

出版发行：**中国文史出版社**
社　　址：北京市海淀区西八里庄路 69 号院　邮编：100142
电　　话：010-81136606　81136602　81136603（发行部）
传　　真：010-81136655
印　　装：廊坊市海涛印刷有限公司
经　　销：全国新华书店
开　　本：720×1020　1/16
印　　张：14.5　　字数：171 千字
版　　次：2017 年 1 月第 1 版
印　　次：2025 年 9 月第 4 次印刷
定　　价：59.80 元